·衛斯理小說典藏版 43·

烈火女

衛斯理
親自演繹衛斯理
《烈火女》

新之又新的序言，最新的

衛斯理小說從第一次出版至今，歷時已近半世紀，總共出了多少正版，還能計得清，若是連盜版一起算，那就算找外星人來算，也算勿清楚哉！不知能不能也算世界紀錄。

算得清好，算勿清也好，能幾十年來不斷出新版，說明不斷有讀者加入，對作者來說，沒有更值得高興的事了，謝謝所有喜歡衛斯理的人，謝謝謝謝。

倪匡

二〇二〇年六月四日　香港

幾句話

寫了四十多年小說，論者將拙作分為三個時期：早、中、晚。在明窗出版的一批，屬於早期和中期的上半。三個時期的創作風格有相當程度的不同，所以風評不一。本人並無偏愛，但讀友對早期的作品，頗有好評，大抵是由於在早、中期作品之中，主要人物精力充沛，活力無窮，所以使故事曲折多變，小說也就格外吸引。明窗出版社此次重新出版這批作品，正好讓大家來證明這一點。

四十餘年來，新舊讀友不絕，若因此而能有新讀友，不亦快哉！

二〇〇五年十一月六日

序言

《烈火女》這個故事，當然是《探險》、《繼續探險》的延續。我發現這個故事，可以無限量地延續下去，每一個細節發展開去，都是一個獨立故事，像蠱苗的金凰姑娘冒充倮倮少女當上了烈火女，要詳細敘述，豈不又是一個好故事？

這個故事倒真是有主題的！父母對於子女，大都擬定了一個藍圖，希望自己的子女，照擬定的藍圖成長、發展。這是最多人實行，又最難實現的一項「工程」，失敗率佔百分之九十九。

每個人都是一個獨立的人，都有他獨立的生命道路，沒有人可以主宰另一個人的生命歷程，明乎此，就該知道應由子女去自由發展。

除非是神仙，可以改造人的腦部，據許多外星人說，那是十分簡單的手續，更改一下遺傳密碼即可。但地球人如今既然做不到，地球父母也就最好不要太熱切弄一個模子讓親子女躺進去。

那是沒有用的！

衛斯理（倪匡）

一九九一年七月五日

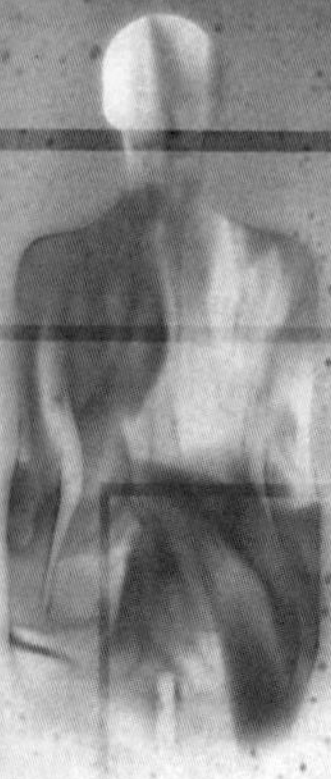

目錄

第一部

野鬼上身的蕩漾餘波

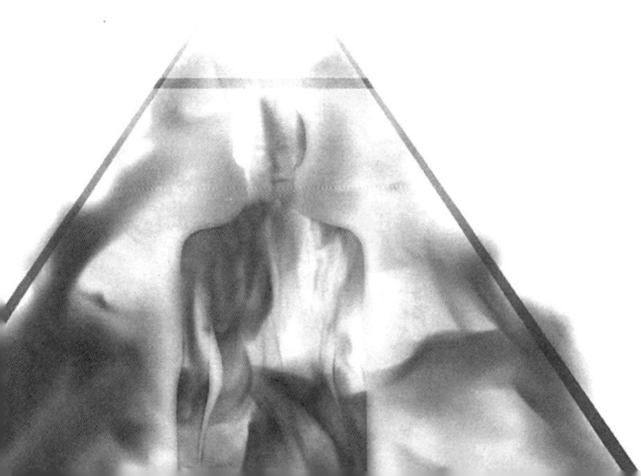

以往，每當一件事情結束之後，我都會有鬆一口氣的感覺——再曲折離奇不可思議的事，總算告一段落了。

可是這次，在知道了整個人類的歷史，竟是一齣荒誕奇情的「電影」，而全人類都在努力演出，一直演到照劇本寫好的結局為止時，心中總抹不去那份濃重的不快。

記得有人說過：每個人的一生，都是一個寫好了的劇本，只不過不知道下一場會有什麼變化而已。如今看來，這種說法，並不全面。不但是每一個人，而是整個人類都在一個寫好了的劇本之中。

連日來，心中總有些放不下、牽掛、忐忑不安之感，我努力想把這種不安歸到是由於陶格臨終時的那番話所帶來的。

可是從開始起，我就知道，我是在自己騙自己。

那麼，令我不安的原因是什麼呢？

是牽掛着在藍家峒的白素和紅綾，這兩個人是我最親的親人，我自然應該牽掛她們。而且，白素和紅綾，母女之間，又出現了如此難以調和的矛盾，白素又聲言，她會採取一些行動，而又不讓我知道。

這已是令我擔心的最大理由了。

但是，我知道，並不是為了白素和紅綾。

我知道是為了什麼，可是一開始我不願承認。我不斷告訴自己：那是自己太敏感了，第六感也靠不住，就算真有什麼怪異的事發生，也不關我的事，等等。

可是壓在我心頭的陰影，卻愈來愈擴大，大到了我不能再自欺了。

使我不安的原因是什麼呢？說出來，各位或者會不相信，認為我是小題大作。

使我連日來不安，竭力避免去想而又時時想起，甚至一閉上眼，就會有具體形象出現的是陳安安那個陰險奸詐之極的神情。

我從苗疆回來之後，在陶格的口中，知道「另有一個記憶組進入了陳安安的腦部」。人的記憶組，就是鬼魂，也就是說，有一個鬼魂，進入了陳安安的腦部——陳安安被鬼魂上了身。

被鬼魂上身之後的陳安安，在外觀看來，自然是百分之百的陳安安，就算是她的身體，切成一百萬片，放在六千倍的電子顯微鏡下去檢查、她仍然還是陳安安。

但是，她已根本不是陳安安了——這一點，絕不是實用科學可以證明的。而我確切相信：一個小女孩，決不能運用她面部的肌肉使之現出如此一個陰險奸詐、令人一見就不寒而慄的神情。

我不是沒有見過奸詐兇險的人，相反地，見過許多，再大奸大惡的人我都見過，可是那個出現在小女孩臉上的神情，卻給我極深刻的印象，不但難以忘記，而且使我不安。

那個神情，具有極大的震撼力，其可怕的程度，很難在其他人臉上找到比較。那屬於地獄的、魔鬼的邪惡之極的力量，我實在難以用文字來作確切的說明——那能令我當時顫慄，事後不安，其可怕程度，可想而知。

所以，我曾把溫寶裕找來，問他當時的情形。溫寶裕一貫地嘻嘻哈哈，可是他看到我神色凝重，一副大禍將臨的神態，他也不禁駭然：「有什麼不對？」

我想着：「該如何開始問呢？」

想了一會，我才道：「在我來之前多久，那個鬼上了陳安安的身？」

溫寶裕略想了一想：「兩小時左右。」

我吸了一口氣：「當時的情形——有什麼特別值得注意之處？」

溫寶裕暫不回答，望了我片刻，才道：「別追究這件事了，好不好？這件事已經結束了，那小女孩回到了父母的身邊，皆大歡喜了。」

我厲聲道：「別自欺欺人了，你我都知道你送回去的不是陳安安。」

溫寶裕強辯：「我從學校帶走的，也不是陳安安。」

我用力一揮手：「那時，你並不知道她是唐娜，現在你知道她是誰嗎？」

溫寶裕駭然：「是誰？你有了什麼線索？」

我什麼線索也沒有，也不願意把我心中的不安說出來，我道：「想想那兩小時中發生的一切，那才是重要的線索。」

溫寶裕哭喪着臉：「不管是誰，請別趕走那個鬼。不見得再有鬼肯從做小女孩開始——做小女孩是一件極無趣的事。」

我有點惱怒：「現在又不是你的責任了，你怕什麼？」

溫寶裕急得幾乎哭了出來：「要是陳安安再變成植物人，我媽會逼我娶她為妻，那是我老媽答應過人家的。你說是不是關我的事？」

我又是好氣，又是好笑，也很同情他的處境，心想難怪這小子拉在籃裏就是菜，不管是什麼鬼，肯上陳安安的身，他都歡迎之至。

我想了片刻：「我很想知道那是什麼鬼，或者說，當那個鬼是人的時候，那是什麼人。」

溫寶裕道：「你不是問過她嗎？」

我一揚眉：「你也在場，知道她是怎麼回答的。」

溫寶裕記得，回答是：「我是陳安安。」

溫寶裕望向我：「這……是不是說明，這……鬼很狡猾？不是……善類？」

我悶哼了一聲，溫寶裕這小子的領悟力頗高，他一下子就想到了我追問他的原因。

他來回走了幾步，才嘆了一聲：「當時，我病急亂投醫，只想有鬼魂肯進入她的腦部，可沒想到其他。」

我道：「我不是怪你，只想你回憶一下鬼上身之後的情形。」

溫寶裕這時已經完全知道我目的何在了，所以他十分認真地想了一會，才道：「我根本不知道如何進行招魂，只是根據你的理論行事——」

我不等他說完，就「呸」地一聲：「我哪裏有什麼招魂引鬼的理論？」

溫寶裕眨着眼：「你有。你的理論是，鬼魂無所不在，一旦和人的腦部發生作用，就見到了鬼。」

我沒好氣：「那不是招魂的理論。」

溫寶裕總有他的理由：「道理上是一樣的，我集中力量，想令自己的腦部和過往的鬼魂發生關係，或許是我十分誠心，不斷在想着要一個鬼魂進入陳安安的腦部，所以才有了結果。」

這時，我又想到了一個問題，所以暫時沒有出聲，而溫寶裕接下來的話，則回應了我正想到的問題。

溫寶裕道：「陳安安的腦部情形，可能相當特別——特別能容納鬼魂的進入，唐娜和那個……鬼，進入陳安安的腦部，似乎都沒有遇到什麼特別的困難。」

我「嗯」了一聲，示意他繼續說下去，溫寶裕道：「我正在集中精神，把我的思想，用腦電波的方式，不斷放射出去，也不知道是不是會有結果。忽然，我覺得有人在拉我的衣袖——我竟入神到了連有人到了我身邊都不知道。我睜開眼來，就看到安安站在我的面前，拉我衣袖的正是她。」

我十分緊張，連忙問：「你才一看到她時，她臉上是什麼神情？」

溫寶裕道：「她睜大眼望着我，沒有什麼特別，所以我當她是唐娜回來了。」

請注意，接下來發生的一些事，其實和《烈火女》這個故事，一點關係也沒有，那是另外一個故事。而《烈火女》這個故事，一看名目，就可以知道還是和苗疆有關的，屬於《探險》、《繼續探險》的延續——苗疆中的一些謎團解開了，但還有更多的謎團在困擾着人。

而溫寶裕招來了一個來歷不明的鬼，上了陳安安的身，是《圈套》這個故事結束時發生的事，這個故事既是承接着《圈套》的，就有必要先說一說。

當然，還有主要的原因，是由於這件事，一直令我不安，想先看清楚一些。

當時，溫寶裕一見這等情形，自然大喜欲狂，他失聲叫：「唐娜，你回來了？」

小女孩眨着眼，反問：「我叫唐娜？」

這一問，機靈的溫寶裕，立刻就知道，那不是唐娜回來了，一時之間，他還不敢相信他的「招魂」行動，已然有了成績。

事實上，究竟是由於溫寶裕的招魂行動，還是由於陳安安腦部組織特別容易「引鬼上身」，根本無從查考。總之，這時溫寶裕認定自己成功了，他呆了一會，知道有鬼上了陳安安的身，所以他疾聲問：「你是誰？」

小女孩的反應快絕：「我是誰？」

她在這樣說的時候，向溫寶裕眨了眨眼，用意十分明顯：「我的情形，你我心照，你得告訴我『我是誰』？」

溫寶裕吸了一口氣，在那時候，他不是沒感到事情的怪異的，但是可以擺脱干係的喜悦，卻蓋過了一切，所以，他立時道：「你叫陳安安，是一個小女孩，有一個十分美滿的家庭——」

他把陳安安的一切，簡單扼要地說了一遍，然後又問：「你是誰？」

小女孩回答他的問題，像後來她回答我的問題一樣：「我是陳安安。」

接下來，只有她問溫寶裕，沒有溫寶裕問她——溫寶裕在耍手段方面，顯然遠不如這個不明來歷的野鬼，在陳安安的口中，什麼也問不出來。而溫寶裕卻把所知的一切全告訴了她。

接着，我出現了。

一直到溫寶裕把陳安安交還給陳氏夫婦，都沒有什麼異樣。看來那野鬼在努力演他的陳安安這個角色。

陳氏夫婦自然高興之極，不但不再責怪溫寶裕，而且着實親熱。陳太太抓住溫寶裕的手，説了好幾車的話，使溫寶裕感到「如同泡在糞坑之中」。

溫寶裕問我：「你在擔心什麼？」

我據實的答：「不知道——不過，我想去看她一次，陳氏夫婦和你既然有好感，你和我一起去。」

溫寶裕義無反顧，一拍胸口就答應了。

於是，第二天下午，我們就造訪陳府。

機會極好，陳氏夫婦正急於外出，接待了我們之後，他們就告辭，於是，在小小的花園之中，就只剩下了三個人：我、溫寶裕、陳安安。那其實只是一幅小小的空地，不能稱之為「花園」——但陳氏夫婦卻是這樣稱呼那空地的。空地上並無花木，卻有鞦韆、滑梯、轉輪等種種遊戲的設備，自然都是為安安而設的。

我感到那時的處境，有一種莫名的奇異氣氛——單是看我們這三個人的組合，已經夠怪的了。陳安安不斷在玩着轉輪，我向溫寶裕施了一個眼色，溫寶裕走過去，阻止了轉輪的轉動。

陳安安十分平靜，甚至在我沉着臉向她走過去的時候，她也沒有絲毫驚惶的神情。我來到了她的身前，開門見山地道：「你知道我們為什麼來的。」

她眨着眼，神情天真，看來那野鬼已經完全「進入角色」了，她道：「安安乖，爸爸說安安乖，媽媽說安安乖，人人也說安安乖。」

我吸了一口氣，她的話，乍一聽來，全是孩子話，可是想深一層，卻大有文章——她的話，強烈地暗示我不必多事，她會乖乖。

我點了點頭：「好，大家都說你乖，只要你肯告訴我，你是什麼……我也說你乖。」

本來，應該問她「你是什麼人」的，但是這個「人」字，顯然不適合，所以只好含糊其詞。而她居然也就裝作聽不懂我的話。

溫寶裕出馬：「你是我招來的，你究竟是什麼樣的鬼魂，說了，解除了我們心中的疑惑，你走你的陽關道，我走我的獨木橋，互不干犯。若是你不說。你也該知道衛斯理是什麼人了，上天入地，哪怕追究到十層閻王殿去，也要找出答案來，你何不爽快一些？」

溫寶裕竟然用這樣的「江湖口吻」和一個鬼魂談判，真令我啼笑皆非。但是我也不得不承認溫寶裕的話十分直接，應該有效。

這番話叫我說，我是說不出來的，也虧得和溫寶裕一起來。

在溫寶裕說的時候，陳安安曾有一剎間的沉思，但是她隨即又回復了她的

「天真」，睜大了眼，笑嘻嘻地望着溫寶裕，像是一點也聽不懂溫寶裕的話。

溫寶裕有點惱怒：「不需要我再重複一遍了吧？」

陳安安笑了起來，這一次，溫寶裕都感覺到了，陳安安稚氣的臉上，笑容奸詐之極，奸到了令人寒毛凜凜。她笑了一下之後，做了一個鬼臉，陡然奔了開去，攀上了滑梯的樓梯，到了頂點，她叫：「來滑滑梯，來滑滑梯，不滑滑梯，就玩蹺蹺板；不玩蹺蹺板，就盪鞦韆。」她叫着，一滑而下，又奔向鞦韆去，跳上去就盪，愈盪愈高，大呼小叫。不一會，就有保母奔了過來，叫：「安安，小心。安安，小心。」

看到了這等情形，和我溫寶裕面面相覷——我們兩人再足智多謀，在這樣的情形下，也一點辦法都沒有。別説面對的是一個小女孩，就算是一個壯漢，難道對他拳打腳踢，嚴刑逼供。就算向他施刑，只怕盤踞在腦部的野鬼，也不會感到疼痛。

溫寶裕走過去，在陳安安盪回來的時候，一下子拉住了鐵鏈，盯着陳安安，一字一頓：「剛才的那番話，你想清楚了，我們還會再來找你。」

溫寶裕一鬆手，陳安安跳了下來，奔向保母，我向溫寶裕一施眼色，迅速離去。

溫寶裕恨恨地道：「常言道老奸巨滑，上了安安身的一定是一個老鬼。」

我嘆了一聲：「希望他難得又有了重新做人的機會，會好好珍惜。」

溫寶裕想了一想：「我會不斷留意她，就算我自己沒有空，也會託人留意她。」

我感嘆：「鬼神太不可測，所以，就算篤信有鬼神的存在，也不必去接觸他們。」

溫寶裕有點不以為然的神情，但是他卻也沒有出聲，他呆了一會，才道：「也可以主動做點事，例如請著名的靈媒來對付她……不過，暫時也不必採取什麼行動……要是那鬼魂走了，也……討厭得很。」

我瞪了他一眼，他縮了縮頭，沒有再說什麼，我問：「你鬼頭鬼腦，想說什麼？」

溫寶裕大笑：「常說人鬼頭鬼腦，陳安安現在的情形，才真是鬼頭鬼腦。」

我心中的不安，非但沒有減輕，而且還加甚了，所以我很煩躁：「一點也不好笑。」

溫寶裕仍然笑着：「在苗疆，有沒有見到藍絲？」

我搖頭：「沒有，她學降頭期滿，就可以自由活動。你只要過得了令堂這一關，就可以和她名正言順地在一起了，你們好在年輕，來日方長。」

因為我和白素之間，出現了意料不及的隔膜，所以我的話，不免有點感慨。

溫寶裕卻因為我的話而悠然神往，過了好一會，他才嘆了一聲，陡然轉了話題：「這次我在大屋中躲了那麼久，還頂了一個拐帶小女孩的罪名，可是我媽並沒有責怪我，鐵天音有點門道，他的飾詞強而有力。」

他忽然「顧左右而言他」，可是我還是一下子就明白了他的意思。

鐵天音說溫寶裕暫不出現的飾詞是大豪富陶啟泉把他留下了，他如今忽然特地提了出來，用意還不是再明白不過嗎？

我笑着，瞅着他：「可是想藍絲和陶老大之間，找點什麼關係？」

溫寶裕直跳了起來，叫：「乖乖不得了，什麼事都瞞不過你，還好我從來也沒打算過騙你。」

我「呸」地一聲：「是誰向我說過，人人都有權保留私人的秘密？」

他一攤手：「並不矛盾，我只是保留了一些事不說，不是捏造一些事實來騙你。」

我揮了揮手，心中也不禁佩服溫寶裕這個提議，真是好辦法。

本來，溫寶裕和藍絲之間的戀情，決無可能過她母親那一關。溫媽媽曾見過藍絲一次，一見就昏了過去，醒過之後，還以為是一時眼花，見到了不知什麼妖魔鬼怪，事後燒香拜佛，忙了好一陣子，才算是定下神來。

若是她知道了她的小寶居然和這樣的妖魔鬼怪已經是山盟海誓，至死不渝，那只怕立即就會中風，口噴白沫，死於非命。我也曾私下問過藍絲，以她的降頭術之精通，是不是能使溫媽媽心回意轉，接受她和溫寶裕相戀的事實。因為我曾目睹，紅綾在初到藍家峒時，對藍絲似大有敵意，可是後來藍絲略施小技，紅綾和她就親熱無比了。

藍絲十分認真地想了好久，才搖頭：「不能。」

我追問了一句：「為什麼不能？你會落降頭，應該輕而易舉。」

藍絲仍然搖頭：「我不知道何以不能，降頭術沒有道理可說，總之不能。」藍絲可以肯定，不是不想過溫媽媽這一關，但是她說不能，別人更無法可想了。

可是這時，卻又有了轉機——若是藍絲一亮相（只要她不穿短裙短褲），身分是大豪富陶氏集團主席的乾女兒或是什麼的，在溫媽媽的眼中看來，自然是既美麗又高不可攀；隔上些時，再讓她知道原來公主一樣的小美人，是她小寶的戀人，只怕她高興得夢裏也會笑。到時，有人若是想拆散他們，溫媽媽也會奮起拚命。

所以我點頭：「好計，陶啟泉有一個乾女兒是女巫之王，不在乎再多一個是降頭之后。」

溫寶裕聽得我這樣說，大喜若狂，向我指了一指，意思是要我去說項。

我心想，這是小事一樁，以陶啟泉和我的交情而論，自然一說就會答應。

所以我道：「好，我和你一起去。」

溫寶裕大是興奮。我和陶啟泉聯絡，陶啟泉表示歡迎，約好了時間，在他的豪華會客室中見面，我把事情的經過說了一遍，聽得陶啟泉嘖嘖稱奇，連連道：「真是天下之大，無奇不有。衛，聽說你找回了早年神秘失蹤的女兒，大喜。」

我苦笑：「在苗疆變成了野人，頭痛的事在後面。」

陶啟泉指着溫寶裕：「你那個小苗女，是順河淌下來，被藍家峒的苗人發現的，你難道不想弄清楚她的真正來歷？」

溫寶裕笑了，他生性豁達，並不在乎：「反正一樣是苗人，無所謂，而且，想弄也弄不清楚。」

陶啟泉「呵呵」笑了起來：「我看她會設法弄清她自己的來歷，好，一言為定，我收她做乾女兒，可以說她是亞洲一個小國的公主，或者是皇室人員，總之大有身分，這一點，我替你去安排。」

以陶啟泉的財勢，要替藍絲安排一個高貴的身分，自然易如反掌。

一件最棘手的事，竟然得到了解決，很令人高興。

第二部

大家都不見了！

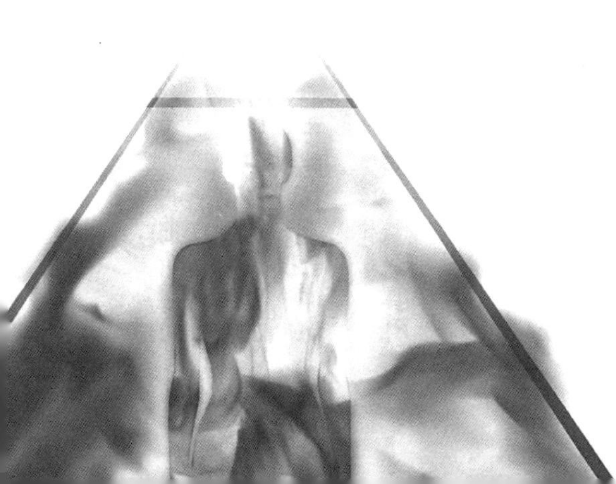

回到住所，出乎意料之外，良辰美景赫然在客廳之中，正在和老蔡閒談，她們的話，老蔡可能半句也沒有聽懂，但是老蔡聽得津津有味，那是由於她們兩人說話的神態實在討人歡喜——她們說的是什麼，反倒不重要了。

兩人一見我，就叫嚷了起來：「真正豈有此理，紅綾妹子找回來了，也不告訴我們，要不是白姐姐和我們聯絡，還不知道哩。」

說着，兩人一起鼓起了嘴，我好沒氣：「先別姐姐妹子地亂叫——她還對你們說了些什麼？」

良辰美景很高興：「請我們到苗疆去玩。」

我皺起了眉，白素曾說過要良辰美景去看牢紅綾，我立刻反對，誰知道她還是想進行。

我沉聲道：「別去。你們想旅行的話，另有目的地可去，有人最近自稱是李闖王的後代，和你們家的祖上，大有關係，可以去攀攀交情。」被我這一番話，說得良辰美景拉長了臉，興致索然，看到她們忽然由興高采烈到悶悶不樂，我也不禁心軟，我問她們道：「要先聽聽紅綾的故事？」

她們仍然抿着嘴：「早就知道了。」

我笑：「有一些你們是不知道的，來，先來看錄影帶，一邊看，一邊說。」所謂錄影帶，自然就是白素帶回來的那一百多卷。我把有趣的部分揀出來，和良辰美景一起看。有趣的部分之中，包括了紅綾完全不依章法寫那個「貓」字在內。

良辰美景的感覺十分敏銳，看了不多久，她們就道：「紅綾有野人的性格，不喜歡受拘束。」

在這方面，我有點「老奸巨滑」，我早已料到她們會有這樣的反應，所以立即道：「白素要你們到苗疆去，加強對紅綾的管束，我反對。」

接着，我又把我和白素之間出現意見分歧的情形，對她們說了——要取得青少年人的信任和合作，最直接的方法是先信任他們，把他們當成年人一樣商量討論。

良辰美景的年齡和紅綾相彷，雖然她們在一個嚴酷得難以想像的環境中長大（不是環境如此嚴酷，她們的天資再好，也不能練成這樣的絕世輕功，天知道她們是經過了什麼樣的刻苦努力，才會有這樣的成就），但是人的天性不會泯滅，人的本性，都喜歡自由自在，沒有什麼人喜歡被束縛。

所以我可以肯定，她們的同情心，必然放在紅綾這一邊。果然，她們又道：「白姐姐太性急了，看，紅綾多可愛，那才真正是渾然天成，不屬於人間。」

她們對紅綾的評語，正合我心，紅綾由於她特殊的遭遇，可以超然物外，脫出人類自古以來無法擺脫的圈套，那是無人能及的。

我隨即道：「你們會不會去接受監管她的任務？」

良辰美景沉默了半晌，她們在認真思索，過了一會，才道：「我們還是要到苗疆去，但不會監管她，就算白姐姐要我們做，也不會答應，我們會和她一起去玩，要她和我們在一起，覺得比和猴子在一起好玩。」

我並不懷疑良辰美景可以做到這一點，可還是嘆了一聲：「那又怎樣，你們總不能一輩子陪着她。」

良辰美景道：「她根本不必我們陪，她獨立之至。我們只不過會和她成為好朋友，好朋友也不一定要一輩子黏在一起的。」

我沉吟不語，良辰美景又道：「我們去和紅綾作伴，也會使白姐姐明白，她太性急了。」

我吸了一口氣：「拜託。拜託。」

我這樣一說，良辰美景就知道我已同意她們到苗疆去了，兩人歡呼一聲，穿花蝴蝶也似地亂竄了一陣，我暗中把她們的身法和那一對銀猿相比較，還真難發現誰更快捷靈活一些。

我又和她們說了許多關於苗疆的情形，幾十年前的往事，聽得她們津津有味，兩人的注意焦點一致（她們根本是一個人），一再問：「那苗疆倮倮人的精神領袖——烈火女，是怎麼一回事？」

我攤了攤手：「不知道，現在已經根本沒有烈火女了，無從查考。」

她們追問下去：「三年一度的烈火女轉換儀式，既神秘又殘酷，你沒有追查下去？」

我再一次表示：「根本無從查考了。」

兩人鍥而不捨：「不行，不行，還有太多的疑團，都沒有答案，白姐姐的媽媽上哪兒去了？還是遭到了極意外的突變？不然，她沒有理由拋下連話都不會說的紅綾。會不會那宇宙飛船——」

她們咭咭呱呱，不斷地說着。這些疑問，我都是想到過的，也知道白素留在苗疆，八成是為了紅綾，也有兩成是為了想弄清楚那些謎團。謎團還包括了白素的二姨，和那位陪她進苗疆的壯士的下落。

我不是不想把這些事弄個水落石出，但是實在不知如何着手才好。

這時，良辰美景說個不停，我一揮手打斷了她們的話頭：「或許這些謎團，都要等你們去解開。」

我這樣說，分明大有譏刺之意，她們卻渾然不覺：「好啊，到了苗疆，正可以相機行事。」

接着，她們竟不理會我，逕自討論起來。

她們兩人討論問題的方式，也十分特別，根本兩人的意見相同，不是討論，而是把她們所想到的，一人一句，或是一人半句說出來而已。

她們的初步意見是：「人的身體，不會無緣無故起火，一定有神秘的力量在操縱。」

她們又認為：「宇宙飛船一定是那一帶苗疆的常客，千山萬壑隱秘非常，正是外星來客在地球建立基地的好所在。事實上，已經可以證明有一個外星人的基地在苗疆——金月亮和杜令醫生的那個，兩者之間，說不定大有聯繫。」

說了之後，她們又覺得這個可能性不大，所以解釋：「至少他們全是外星人，總也算有關係。」

我對她們的討論，也很有興趣，提醒她們：「那艘宇宙飛船中的外星人會『飛』，而且速度極高，你們到了苗疆，不妨向苗人多多搜集這方面的資料，不過，你們先得學會苗語才好。」

她們笑了起來：「連溫寶裕都學得會，我們又有何難哉？」

話才出口，我聽得有人叫：「誰在背後說我的不是？」

聲隨人到，卻不是溫寶裕是誰？我才和他分手，他又來了，可知他有事。

果然，他一進來，就向我眨了眨眼，可是隨即又和良辰美景唇槍舌劍起來。

三言兩語之間，溫寶裕就弄明白了良辰美景即將到藍家峒去，他現出羨慕之至的神情，長嘆一聲：「那裏是世界上最美麗的地方！」

良辰美景故意撩撥他：「喂，你這未來的藍家峒女婿，何不和我們一起去，盡一盡地主之誼？」

溫寶裕知道她們的意思，苦於無法反擊，所以悶了半晌，這才忽然對我道：「離開之後，我愈想愈不對，所以又打了一個電話給那野鬼，警告他別作祟，不然，我溫天師和衛天師，都不會放過他，管教他永世不得超生。」

溫寶裕的這番話，我自然是明白的，那是有關一個靈魂進入了陳安安腦際的事。可是對於良辰美景來說，卻是突兀之極。而且這一番話，也十分引人入勝，對付「野鬼」，而居然可以「打電話」去警告，豈非是奇哉怪也之至？

溫寶裕又道：「是不是你也該打個電話，去警告那野鬼一下？」

他看來就是為了這件事來找我的，我搖頭道：「不必了，我想我已警告過她了。」

這時，良辰美景一副心癢難熬的樣子，急於想知道究竟。可是她們又明知不能問，一問，必然被溫寶裕為難，所以一時之間，四隻圓溜溜的眼睛，骨碌碌轉之不已，好看之極。

我看了這等情形，笑道：「那是另外一樁奇事，現在還不知道會有什麼樣的發展，先講給你們聽也不妨。」

良辰美景齊聲道謝，都拿老大白眼去翻溫寶裕。溫寶裕笑：「我是這件事的主角，有許多細節問題，連衛斯理都不知道。」

正在鬧着，電話響起，我按下了通話掣，先是幾秒鐘的「嗡嗡」聲，接着就是白素的聲音——不是很清楚，但也可以肯定是她。她先叫了我一聲，立即問：「良辰美景到了嗎？」

不等我回答，良辰美景已大叫了起來：「到了！」

白素立時道：「盡快來，好不好？」

她當然是利用了那架直升機上的通訊設備在通話，我在她的話中，約略感到她相當焦慮，所以我立時道：「可是有什麼變故？」

白素的回答是：「沒有，只是我向紅綾說起了她們，紅綾心急想會見這一雙奇人。」

良辰美景又叫：「我們盡快來。」

我也提高了聲音：「我要不要來？」

白素沉默了片刻：「暫時還不必要，有需要的話我找你不遲。」

我呆了一呆，白素的話，可以說是「支吾其詞」之至。誰都可以聽得出來，已經有些事發生了，只不過發生的事，她可以解決，暫時不需要我去處理而已。

剎那之間，我大是不快——形諸於色，所以溫寶裕和良辰美景，也靜了下來。

我沉聲道：「已經發生了什麼事？如果和我們孩子有關，我有權知道。」

白素又沉默了一會，才道：「我還不知道發生了什麼事，也不知道和什麼人有關，看來和全世界都有關係——你自然有權知道，可是我根本不知道是什麼事，如何能夠告訴你？」

白素和我的對答，通過電話的揚聲設備，溫寶裕和良辰美景都可以聽得到，他們顯然從來也未曾經歷過我和白素之間用這樣的語氣說話。那也使他們了解到事情的嚴重性，所以連大氣也不敢出，溫寶裕偷偷向良辰美景做了一個鬼臉，卻叫良辰美景一瞪眼，縮了回去。

我吸了一口氣：「好，希望你在知道了發生什麼事之後，第一時間通知我。」

我覺得自己的聲音，像是十分疲倦，可是聽起來，白素的聲音比我更疲倦，她道：「我會——請良辰美景快來，我會和紅綾一起到機場去接她們。」

我還是補充了一句：「如果紅綾要兩頭銀猿同行，請不要拒絕。」

白素笑了一下：「難道只有你才會縱容女兒？」

我沒有再說什麼，只是打岔：「可以看看是銀猿的身手快，還是良辰美景快。」

白素沒有再說什麼，只是說了一聲「再見」，就中止了通話，看來她心事重重，所以對這場劃時代的人猿大賽，一點興趣也沒有。

一點也不誇張，那真是一場劃時代的比賽。據後來目擊者說，在機場的跑道之上，哪裏還分得清是人是猿？只見兩道銀光，兩道紅影，在風馳電掣，看得人眼花繚亂，連喝彩都忘記了。

良辰美景當下急着要離開，我送她們到機場，臨別我又囑咐：「如有變故，立刻通知我。」

良辰美景十分乖覺，知道我的鄭重吩咐，大有深意——我是怕白素不肯將發生的事全都告訴我，所以才要她們向我報告一切。

所以，兩人的神情，開始時有點為難，但隨即答應了下來，並且要我放心：「我們一定會和紅綾相處得十分好，你不必擔心。」

我再也沒有料到找回了女兒之後，會有這許多意料不到的事發生，把她們送走了之後，又感慨良久。

在接下來的幾天中，我和溫寶裕都花了不少時間注意陳安安的行為，幾天的暗中觀察，卻發現這個「小女孩」比正常還正常，放了學之後，不是司機來接，連學校的門也不出一步。在家中，也沒有聽說有什麼異狀，看起來並沒有什麼值得擔心之處。

後來，雖然終於發生了一些事，但是我和溫寶裕做了檢討，並非推卸責任，都覺得我們可以做的事，都做到了，該發生的事，不是我們的力量所能防止的。

到了第四天，午夜時分，我正準備喝一點酒，增加睡意，突然電話鈴聲大作。這是一種很奇怪的感覺——電話鈴聲，實際上總是那樣的，可是有時候，直覺地會感到這個電話，會有十分重要的信息傳來，當有了這等直覺之時，電話聲聽來也就特別驚心。

我這時就有這樣的直覺，所以當我急着去聽電話時，連杯中的酒，都瀉出了不少來。

那是我書房中的電話，一拿起聽筒，「喂」了一聲，就聽到了良辰美景的聲音，她們在叫：「謝天謝地，和你聯絡上了。」

我呆了一呆：「和我聯絡並不難，幾個聯絡電話，你們都知道。」

良辰美景喘着氣：「不是這個問題，是我們對直升機上的通訊設備不熟悉，不懂得使用，現在聯絡上了，真是太好了。」

那直升機是外星人杜令留下來的。機上的設備，經過他的改裝，有許多地球上絕無僅有，良辰美景不懂得使用，原本不足為奇。可是，在我聽得她們這樣說了之後，不禁遍體生寒，不由自主，連聲音都變了。

我第一時間想到，她們不會用通訊設備，白素卻會用，為什麼白素不用，而且也不教她們？雖然她們什麼也沒有說，可是問題再明顯也沒有，白素出了事。至少，她沒有和良辰美景在一起。

我疾聲問：「白素怎麼了？」

良辰美景還沒有說話，竟然抽噎着，像是想哭，我既驚且怒，大喝：「別哭！說！」

這兩個女娃子這才帶着哭音：「她不見了！」

白素不見了！

這是難以想像的一種變故，我心中不知有多少疑問想問，可是也知道，在電話中，一定說不明白，我不知道該如何反應才好。她們又道：「紅綾也不見了，還有那兩頭該死的老猴子，也不見了。」

我喘着氣，這時，她們也像是略為定過神來，繼續說的話比較有點條理：

「先是紅綾和兩隻猴子不見了，白姐姐去找，也沒有回來。」

我又驚又怒：「多久了？」

良辰美景的回答是：「兩天了。」

我迅速地算了一下，和良辰美景分手，不過四天，由此可知，她們到了藍家峒之後，不到兩天，紅綾就不見了，白素去找她，這兩天沒有回來。

這說明了什麼呢？至少說明了一個問題，紅綾和良辰美景並沒有成為好朋友，不然，才新相識，斷無不到兩天就不告而別之理。

我當然不會在這一點上責怪良辰美景，可是讓白素一個人在苗疆蠻荒中去涉險，她們怎麼沒有想到一起去？

我聲音中有怒意：「你們在幹什麼？由得她一個人去找紅綾？」

良辰美景剛才好不容易忍住了哭，這時給我一責備，想必是受了委曲，再加上她們心中可能也焦急無比，所以竟索性哇哇大哭起來。

我自認識這兩個奇特無比的女孩子以來，從來也未曾見過她們哭，這時雖然通過電話聽到她們的哭聲，也可以感到她們無依無助、心焦如焚的那種苦楚。所以我說道：「別哭，別哭。」

兩人一面哭着，一面為她們自己辯解：「白姐姐堅持要一個人去，不讓我們跟着，我們有什麼法子？就算你親自在，也阻擋不了。再說，我們留下來，也有好處，不然，誰來向你報訊？指望十二天官，他們更不懂。」

我知道事態嚴重，而且，絕無必要再在電話中糾纏下去，我吩咐道：「盡快和藍絲聯絡，你們要駕這直升機到機場來接我，立即出發，我會向陶氏集團借私人飛機趕來，別再哭了。」

我說一句，她們抽噎着答應一聲，放下電話，我立刻聯絡飛機，一說即成，倒是機場方面，臨時安排，等了將近四十分鐘。

在這段時間中，我作了種種設想。假設是紅綾和白素之間，終於起了衝突，紅綾帶着兩頭銀猿，離開了藍家峒。

（這可能性很大，因為良辰美景竟稱銀猿為「該死的老猴子」，可知關係大是惡劣。）

我並不擔心紅綾——她在苗疆長大，那正是她的地頭，在別人看來，山巒之間，森林之中，絕壑之上，處處都兇險無比，可是在她看來，都和兒童遊樂場一樣，身在其中，得其所哉。而且，她還有兩頭銀猿作伴，自然不必為她擔心什麼。

要擔心的是白素。

白素雖然機智過人，身手超特，可是苗疆實在太兇險，許多地方，亙古無人迹，誰知道有什麼樣的死亡陷阱？而她已經離開了兩天之久。

一想到這一點，我忍不住憂心如焚。

所以，起飛之後，雖然噴射機的速度極快，但我還是嫌它慢了。

飛機降落之前，就收到了藍絲的信息，她已先到了機場，聲音焦慮：「直升機還沒有到，而且機場方面，也沒有收到任何聯絡。」

我一聽之下，不禁頓足——那是我的不對了，只顧急着趕到藍家峒去，卻沒有想到良辰美景連直升機上的通訊設備都不懂得使用，如何能懂得駕駛它？我卻要她們駕機前來，就算她們會駕駛，也不識得飛行路線。

這一來，更是急上加急，等到飛機降落，我看到藍絲駕着一輛車，疾駛而來，這時正是凌晨時分，東方微現魚肚白色，機場的一角，十分平靜，有幾架飛機停着，並不見那架直升機。

藍絲有降頭師的身分，在這個國度之中，大受尊敬，所以她能駕車橫衝直撞。機艙門一打開，我就衝着她大叫：「直升機上有通訊設備，可以聯絡。」

在藍絲的身邊，一個人探出頭來，正是陳耳，他也在叫嚷：「一直只是衛夫人和我聯絡，我不知道直升機上的通訊波段。」

我聽了之後，一個踉蹌，幾乎沒有直摔了下來。

陳耳——他是藍絲不見有直升機接應，心知有了意外之後找來的——又叫道：「我已吩咐人盡量試，有希望可以聯絡得上。」

我不禁苦笑，那直升機是外星人留下來的，誰知道他利用什麼波段通訊？大有可能通訊的波段，地球上的通訊設備根本沒有。

我下了機，藍絲看出了我焦急的模樣，她壓低了聲音問：「那兩姐妹……她們會駕直升機？」

我急得雙腳直跳——並不是我不夠鎮定，而是我感到，如果良辰美景有了什麼意外，那百分之百，是我害了她們，實在不知如何才好。想起她們可愛的模樣，想起她們在電話中的哇哇大哭，我實在沒有法子不着急。

陳耳說：「急也沒有用，只好等。」

我抬頭望向破曉的天空，只盼聽到軋軋的機聲，以為有直升機出現。可是直到太陽升起，碧空萬里，哪裏有直升機的影子？

她們早該到了。愈遲不到，就愈表示意外發生的可能性增強。當天等到中午，我知道，是我要作出決定，不能再拖延的時刻了。

第三部

一堆篝火背後會有什麼故事？

我已向藍絲說了紅綾、白素失蹤的事，她也很焦急。我想了好多遍，終於問她：「步行去，要多久？」

藍絲皺着眉：「五天到七天？」

她回答了我的問題之後，睜大了眼睛：「何至於要步行去？」

我心情苦澀無比：「良辰美景一定出了事，一路步行前去，或許有機會發現她們，可以拯救。」

藍絲嘆了一聲：「待我弄一架直升機去找她們，不是更有效嗎？我駕機，你利用望遠鏡搜索。」

聽了藍絲的話，我只好苦笑——那麼簡單的辦法，我竟然想不到，要不是真正急昏了頭，任何人可以證明，以我的應變之能，斷然不會這樣子的。

我向陳耳望去，陳耳立時道：「我去辦。」

我想，以陳耳在警界的地位和他在軍界的關係，要弄一架直升機來用用，那是輕而易舉的事，可是陳耳一去就去了大半天，直到天色黑了。才見他駕一架機身上什麼標誌也沒有的直升機飛了回來。

原來我此去，要飛越國界，軍方怕直升機被發現，引起國際糾紛，所以不肯答應。結果陳耳抬出了大降頭師的名頭——猜王降頭師如今替代了巴枯大師的地位，成為全國首席降頭師，他是藍絲在降頭術上的師父，威名赫赫，連最高軍事首長都不能不賣帳。這才弄到了一架直升機，而且臨時加工，把直升機上原有的標誌，全都用銀色的噴漆，蓋了過去，所以鬧到天黑才來。

在這一段等候的時間中，我自然焦急的無可名狀，思緒紊亂之極。我望着藍絲，忽然想起，原振俠醫生曾對我説過，巫術的力量，不可思議——他有一個密友，被稱為女巫之王。巫術利用人體本身的能量和宇宙間無窮盡的各種能量發生聯繫，可以產生實用科學絕對無法解釋的力量。

而降頭術，正是巫術的一種，藍絲的力量，不知是不是可以感應到那些不見了的人現在的處境？似乎所有的人都不見了！紅綾和兩頭銀猿不見了，白素不見了，現在連良辰美景也不見了。

當我這樣想的時候，不免向藍絲多望了幾眼，藍絲竟然立刻就知道了我在想什麼，她神情有點無可奈何：「我無法知道他們現在的情形，世上只有一個人……他是好是壞，我不論隔得多遠，都可以知道……不——也不能說知道，只能說有感覺，感到他是好還是壞。」

她在說到「世上只有一個人」的時候，神情甜蜜無比，還帶有幾分嬌羞。不問可知，那個人自然就是溫寶裕。

她說了之後，過了一會，忽然皺着眉：「早些日子，有幾天，他像是很……受困擾，那……幾天是不是發生了什麼特別的事？」

藍絲的這種相隔千里也能產生的感覺真了不起，她感到溫寶裕很困擾的那幾天，自然就是唐娜的靈魂離去，陳安安又變成了植物人，溫寶裕和她一起躲在大屋中的那幾天了。

於是，我就向藍絲講述那件事，那件事的來龍去脈相當複雜，我也故意說得十分詳細，因為一來無事可做，白白地等着，焦慮會使細胞大量死亡，二來，我也想聽聽藍絲的意見。等我講完之後，我又說了我和溫寶裕的擔心——招來的那個野鬼，不知道是什麼路數。

藍絲聽了之後，呆了半晌，才道：「降頭術之中，嗯，我知的降頭術之中，可以在人死了之後，在死人之旁作法，找這個人的靈魂接觸。可無法知道你們說的情形，是怎麼一回事。」

我聽得她這樣說，也沒有再問下去。

由於消磨了不少時間，那時天已黑了下來，藍絲駕車離開了一會再回來，向我報告：「機場控制室仍然未有來自北方直升機的消息。」

她同時給我弄來了一瓦壺酒，也不知道是什麼酒，有一股濃香，入口辛辣，但是回味甚佳，幾口喝下去，就立身發熱。

這個身具異能的苗女，只怕除了溫寶裕之外，最親近的人就是我和白素了。我在喝酒的時候，她忽然嘆了一聲，像是在自言自語，又分明是在對我說，她說的是：「紅綾不做野人，好像並不快樂。」

我怔了一怔，想不到藍絲和紅綾接觸不多，也感覺到了這一點。

我深深吸了一口氣：「她真正的感覺怎麼樣，我也不知道。但是我想，她不至於不快樂——因為她和普通人不一樣，她是野人，她會對抗一切令她不快樂的事，努力使自己快樂。」

藍絲把我的話重複了一遍，又想了好一會，才燦爛地笑了起來：「做野人真好。」

我忽然想到了一個問題，可是欲語又止，藍絲用她澄澈的眼睛望着我，我想了一想，先把我和溫寶裕商量好，如何令溫媽媽接受她一事，告訴了她，把藍絲聽得哈哈大笑：「虧你們想得出，其實現在只要我落降頭，就什麼問題都可以解決。」

我不禁「啊」地一聲，真的，當我和溫寶裕自認為定下了大大的妙計之際，竟忘了她現在已經是神通廣大的降頭師了。

藍絲古古怪怪地笑：「不過，降頭還是要落的。」

她說着，一隻眼睛向我眨了幾下，我忙道：「我不說，嘿，連小寶我都不對他說。」藍絲高興地笑了起來，我這才問：「藍絲，你不知道自己的來歷身世，要是忽然像紅綾一樣，你的父母出現了，你會怎樣？」

藍絲抬頭向天，呆了一會，才道：「我一定歡喜不盡，不能想像是怎樣的高興。」

我聽出她是真心誠意那樣說的，心裏不禁十分感嘆，人和其他所有的動物不同，對父母有一種異樣的依戀情結，那是理性的，還是人這種生物的天性？

我又問：「如果你父母要嚴厲管教你，要令你完全改變現在的生活方式呢？」

藍絲完全明白我這樣問的用意，所以她的回答是：「我會表面聽從，但仍然我行我素，我想，紅綾現在做的和我一樣。」

我不禁苦笑——這幾句話，要是白素在場，讓她也聽聽，那有多好。

藍絲笑問：「這樣……很不應該？」

會有許多家長說「不應該」，但是扼死所有的雄雞，並不能阻止太陽上升，就算全世界成年人都說這樣做不應該，孩子是還會那樣做的。

藍絲忽然又感慨起來：「我快滿師了，等我滿師之後，我就到蠱苗峒去。」

我吸了一口氣，藍絲所說的「蠱苗峒」，自然是那個獨一無二的蠱苗峒，我早年曾去過，並且和後來成了峒主的猛哥成了好朋友，藍絲要到那裏去，自然是她相信自己的來歷，可能和蠱苗有關——她雙腿上自嬰兒時就有的蜈蚣和蠍子的刺青，使發現她的十二天官，認為她是蠱神的女兒。可見她一直想弄清楚她的身世。

我同意她的想法：「要是猛哥還是峒主，你去的話，提起我的名字，行事會方便得多。」

藍絲顯然知道我那段經歷，她十分佩服：「你真了不起，明明是漢人，竟會有苗人之中最神秘的蠱苗，都有交往，很多苗人都做不到。」

不知由於什麼，或許是由於我思緒本就十分紊亂，所以特別容易有夾七夾八的聯想之故。我忽然想到，身為漢人，而和蠱苗有交往的，肯定不止我一個。至少，白老大也和蠱苗有過交往。

白老大要是和蠱苗沒有來往，他如何會有那翠綠得鮮嫩欲滴的小甲蟲？還記得那隻小甲蟲嗎？原是白老大的，白老大給了陳大小姐（白素的母親），而在金沙江畔，陳大小姐又託人帶給了在成都大帥府中的妹妹，作為她妹妹五歲的生日禮物——聽起來很複雜，事實上更複雜，全在《探險》和《繼續探險》這兩個故事之中。

那綠色的小蟲是蠱苗的東西，若白老大未曾和蠱苗有來往，何以會有那小蟲？

可是白老大和蠱苗是怎麼認識的，其間經過，我就一無所知了。

想到這裏，我又把那小蟲的顏色，形容了一番，問藍絲：「那有什麼作用？」

在降頭術、蠱術之中，許多不知名的昆蟲，擔任了十分重要的角色，我就曾見過藍絲有一隻寶藍色的小蟲，稱之為「引路神蟲」，能起十分奇妙的作用。

藍絲被我一問，瞪大了眼：「這個問倒我了，成千上萬的蟲子，各有不同的用處，別說沒見着，就算看到了，我也未必說得上來。」

她說了之後，神情十分感嘆，忽然掉了一句話，自然是溫寶裕那裏學來的：「學海無涯。」

和藍絲談天說地，消磨時間，我也減輕了心中的焦慮。等到陳耳來到，我急着就要起程。陳耳遲疑着：「天黑了，不……方便吧。」

我立時回答：「我們是駕直升機，又不是趕路，趕夜路才有危險，夜航和白天飛行是一樣的。你配備了有紅外線觀測的望遠鏡沒有？」

陳耳指着那架無標誌的直升機：「可以找到的設備全找來了。」

我和藍絲，向直升機走去，不一會，直升機便已盤旋起來，不到半小時，已經飛到了連綿不斷的山巒上空。在黑暗中看來，起伏的山崗，異峰突起的山頭，鬱鬱蒼蒼的森林，乃至於高處看來，匹練也似的，泛着銀光的江河，都有說不出來的神秘。我知道在這些河山之中，蘊藏着不知多少奧秘，是文明社會的觸角全然無法及得到的。

我開始利用有紅外線裝備的望遠鏡小心地觀察，通過這種望遠鏡看出去，所有的景物，都有一重朦朧而曖昧的幽紅色，更增神秘。

望遠鏡的性能甚好，我甚至可以看到在大樹上蜿蜒移動的大蟒，也可以看到成群結隊飛翔的蝙蝠——牠們的雙眼，像是衝破地獄枷鎖的幽靈。

如果良辰美景的航線正確，是在航線中出了事的話，那麼，我應該可以發現她們，如果她們能生一堆火來求救，就更容易發現——那自然是我最樂觀的想法。

一小時之後，更加深入蠻荒，直升機在空中飛行，可以直線進行，如果要步行的話，對面可見的所在，可能要繞上一天的路才能到達。

我一直沒有發現，看得眼睛發痛，就閉上了眼睛一會，再睜開眼來時，我和藍絲，同時發出了一下驚呼聲，我們看到了火光！

那確然是火光，閃閃爍爍，自黑暗之中透出來，我連忙舉起了望遠鏡。發現了火光，就一定有人，當然也有可能是苗人村落，也有可能是進入深山的勇敢獵人，不一定是我要找的目標，但那總是一個發現。

我看到了火光的來源，那是一堆篝火，在高倍數的望遠鏡中，可以看得清清楚楚，堆成那堆篝火的樹枝。是呈「井」字形堆疊法堆成的。

揀拾樹枝，疊成一堆，燃着火——篝火，是野外生活十分重要的組成部分，可以用來取暖、烤燒食物、防止野獸昆蟲惡鳥的侵犯。而篝火的堆疊，也有一定的講究，首先是揀樹枝，最好是乾透了的，易燃而又沒有濃煙，各種不同的樹枝，有各種不同的效果，松枝多油，燃燒起來火旺，發出「滋滋」的聲響，時不時會有一下爆音，竄出藍色的火焰，十分美麗，而硬木經燃，軟木易點火，種種不一。

至於樹枝的堆疊，有疊成金字塔形的，有三角形、井字形、六角形，甚至若是有空間，可以疊成圓形，按各地習慣不同，自然形成，沒有規律，也沒有道理可講，就像不同的鳥類，根據不同的遺傳密碼建造不同形的鳥巢一樣——據我所知，苗人生篝火，大都是亂七八糟地一堆，火頭旺，火舌四下亂竄，苗人就喜歡這股熱鬧。

而這時，我看到的那堆火，卻堆成「井」字形——這樣形狀的火堆，由於空氣流通的緣故，火頭集中，竄得相當高，和苗人的火堆不同。

（別小看了這些篝火的常識，我就曾憑對篝火的認識，識穿了天下第一盜墓人齊白的一次偽裝，令他佩服得五體投地。）

一看到了這樣的一堆火，我心中已陡然一動，立刻想到：「這火堆不是苗人點燃的。」

接着，我又看到，在火堆之上，架着一隻架子，上面串着一隻不知是獐是鹿、剝了皮的獸類，正在燒烤——這更不是苗人的烤食方法，苗人是把食物用大的植物葉子包起來，裹上泥，投進火堆裏燒的。

所以我立時道：「下面有人，但不是苗人。」

藍絲望向我，我一面看，一面道：「降落去看看。」

直升機開始盤旋，降低，可是好一會，還沒有降落——我立刻明白了藍絲為什麼不降落的原因，因為根本找不到降落的地點。

那地方，全是巉峨的山石，有的更尖銳無比，看來是不知多少年前，一次地殼的變動，自附近的山頭上滾下了許多大石塊堆成的，根本沒有可供直升機降落之處。若是飛遠一些，四面全是峭壁，除非飛到峰頂去覓地降落，再下山來。

審度了形勢之後，我不想攀山，一來沒有足夠的攀山設備，二來，最低的山峰，看來也超過八百公尺，自上而下攀下來，不但需要很多的時間，而且誰知道會有什麼樣的意外。

所以我下了決定，我道：「縋我下去，你到最近的山頭上找地方停下來等我，我需要離去之時，會通知你。」

藍絲神情猶豫，像是不很贊成這個辦法，可是她也想不出更好辦法來——若是硬要降落，直升機必然受損，可能再難上升。

我準備了一些必需用品，再從上面觀察了一下，篝火依然，可是沒有人出現。

我檢查了一下通訊儀，在三千公尺的範圍之內，我可以和直升機作有效的聯繫。

一切準備妥當，我套上腰帶，從機艙的下腹，由鋼纜縋了下去。

那時，直升機離下面約莫有三十公尺，機翼搧起的強風，已然影響到了火堆，令得火頭亂竄。

當我縋下去的時候，還是未見有人，四周圍極靜，直升機發出的聲響又驚人，絕無可能有人在而不知道有直升機飛了來的。

沒有人出現，自然是為了不知直升機的來意之前，躲起來了——四面山壁上有的是藤蔓遮掩的山洞，躲上一百個人也可以。

我才落地，就聞到了一股肉香。我解開了腰帶，鋼帶縮了上去，直升機向上飛去，我看到它飛向東面的一個山頭，那是最矮的一個山頭，山頂也相當平坦，足可供直升機降落。

我先用兩三種苗語大聲問：「有人嗎？我絕無惡意，我是來找人的，請出來和我相見。」

後來，我用又漢語，叫了幾遍，我叫的聲音十分大，在四面山壁，都有回聲傳過來。附近的樹林中，像是忽然冒出許多幽靈一樣，竄出許多鳥來，有的發出怪鳴聲，有的撲翅聲奇響，在這蠻荒的黑夜之中，更增加了好幾分恐怖的氣氛。

一直等到回聲全靜了下來，驚起的飛鳥也重又投向林間，四周圍又回復了寂靜，火堆的「啪啪」聲，聽來也格外清脆，還是沒有人回答。

這時，通訊儀發出響聲，傳來了藍絲的聲音：「我已降落在山頭，你可以看到我，山頭很平坦。」

我抬頭看去，看到那山頭上有燈光閃動，那是藍絲給我的信號。

我回答她：「我沒見到有人，人可能躲起來了，我們隨時聯絡。」

我一面說，一面走近那火堆，看到火上的野獸，一半已接近烤熟了，皮黃油溢，香氣撲鼻，可是另一邊，卻全然還是生的。

我怔了一怔：這種支起架子的烤食法，需要不斷轉動穿在樹枝上的食物，使它均勻地接受火力，才能整體烤熟。如今一半生，一半熟，這說明了什麼呢？以烤熟需要半小時來計算，這說明至少有二十分鐘沒有人轉動那樹枝了。也就是說，二十分鐘之前，當直升機還未曾由這裏可以看得到，但是發出的聲音可以傳到時，這個烤食的人，就離開了。

我本來就覺得這火堆不是苗人點燃的，現在更加肯定。因為深山中的苗人，未曾見過直升機，聽到了聲響來自天上，根本不知道發生了什麼事，會十分驚惶，也不一定會留下來看清是什麼東西。

而當發現是一個巨大的，亮着閃閃光芒，發出巨響聲，在天上飛行的東西時，苗人會跪下來膜拜，並且大聲叫，以表示他們的崇敬或恐懼，絕不會一走了之。

一想到了這一點，我又用漢語叫：「朋友，我沒有惡意，而且有好酒，請來共享。」

我知道，如果有什麼漢人流落在這樣的蠻荒之地，除非真有一群猴兒替他釀什麼百花百果酒，不然，一定饞酒得要命，我説有好酒可以共享，那是極大的誘惑——我也不是胡説，我確然有一扁瓶上佳的法國白蘭地在身上。

可是叫了幾遍之後，仍然沒有回音。

藍絲自然是通過了通訊儀，聽到了我的呼叫聲，所以傳來了她的意見：「他一定躲起來了，這裏有一道小山溪，也是住人的好所在，不妨在附近的山洞中找一找。」

藍絲是苗人，苗疆的事，她的認識程度自然遠遠在我之上。

我定了定神，先走過去，把那隻鹿轉了半個身，讓全生的一半去接受火烤，然後，着亮了電筒，先選定了南邊照去——那邊有溪水聲傳來，逐水而居，是人的必然選擇。在黑暗中，電筒射出的光柱相當遠，在光程所及的範圍之內，有許多飛蟲在飛來飛去，一時之間，也無法去提防牠們有毒還是無毒了。

我距離南面的山壁約有兩百公尺，我嫌太遠，就腳高腳低，踏着大大小小的怪石，向前接近。有時，索性在兩塊大石之間，一躍而過。

我在想，要是良辰美景的直升機有了故障，她們流落在這種環境之中，以他們的身手而論，一定會比我更加適應。

等我越過了那道銀光閃閃的小溪，小溪中間的每一塊石頭上，都蹲着一隻或數隻巨大的蛙，睜着怪眼，咕咕有聲，這種有着金黃色直線花紋的巨蛙，想來肉味一定十分鮮美的了——流落蠻荒的人，自然首先關心的是可以充飢的東西。

過了河之後，離峭壁已不過五十公尺，我立刻有了發現。那峭壁高高下下，有不少山洞，我看到了一個離地約五公尺的山洞，用一扇以藤編織的門遮着。

可以肯定了，苗人就算棲身山洞，也決不會編上一扇門的，而一個，或者幾個漢人，在荒僻成這樣的地方，過原始生活，必是在背後有十分曲折離奇的故事。

我的心很不願驚動他，一個人，若不是有什麼傷痛之極的打擊，斷不會在這種地方生活的。

所以，再向前走去的時候，每跨出一步，我就猶豫了一下，走得相當慢。

第四部

罪孽深重

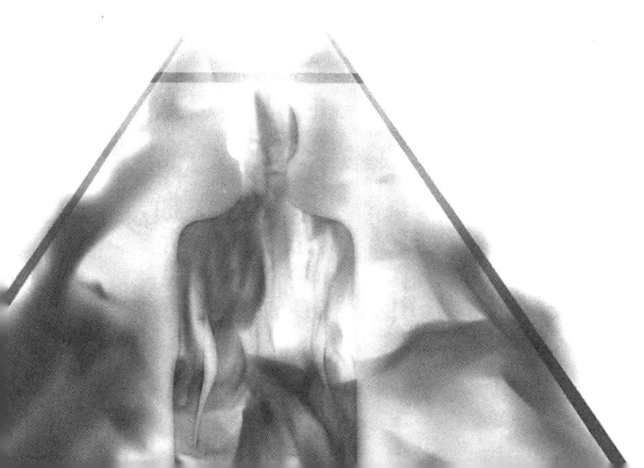

藍絲一定是在山頭上用望遠鏡觀察我，因為又傳來了她的聲音：「有什麼問題？」

我道：「我發現了一個有門的山洞，當然不是苗人，我在想，我是不是應該去打擾他，他說不定是一個傷心人，不想見陌生人。」

藍絲道：「問一問就走，也可以順便看他需要什麼幫助……真奇怪，怎麼會有漢人到這種地方來隱居？你看，方圓百里，連苗寨也沒有。」

說話之間，我已來到了峭壁前，看到有簡單的石級，可以接近那個山洞。我踏着石塊，來到了門前，本來還想照文明規矩，伸手去拍門的，後來一看，用來編門的那種野藤上，全是鋼針一樣的尖刺，十分鋭利，可能含有劇毒，是防止野獸侵入的好防禦。

我縮回手來，朗聲道：「朋友，有緣千里來相會，可賜一見嗎？」

我連說了三遍，沒有回答，可是洞中，有一陣悉索的聲音傳出來，不一會，門在洞內被頂了一下，有什麼東西現出身來。

那東西才一從門中鑽出來的時候，我沒有一下子就看清楚，恍惚之間，以為是一個矮個子，可是才一出現，就陡地長高，像是迎風就長的怪物。等到我定睛一看，看清了那是什麼東西時，我大吃一驚，不由自主，向後退了一步——山洞在峭壁上，要沿着石級攀上去，所以洞外並沒有多少空地可供回旋，陡然後退了一大步，一隻腳已然踏空，要不是我臨危不亂，又有武術訓練的根柢，只怕就此一個倒栽蔥，跌了下去。

雖然離下面不過四五公尺，不致於跌死，但是砸在嶙峋怪石上，只怕也要骨折筋裂，在這種蠻荒之地，上哪裏去找醫生？

我一腳踏空，立時身子向前略傾，保持了平衡，馬上又收回了踏空的腳來，總算穩住了勢子，盯着那自山洞中鑽出來的東西，兀自心頭狂跳。

自山洞中鑽出來的不是什麼矮個子的人，而是一條巨大無比的蟒蛇。

那巨蟒頭大如斗，兩隻幽光閃閃的眼睛，真的有海碗（湯碗）那麼大，蛇信吞吐，足有半公尺長，發出可怕的「嘶嘶」聲。

牠的頸際——那應該是蟒身最細的所在，直徑也足有三十公分，可知牠身子最粗的部分，一定比水桶還粗。

牠才出來時，頭離地較近，一出門來，就昂起了頭，所以我在恍惚之間，以為牠突然之間長高了不少。

這時，巨蟒的舌尖，在吞吐之際，離我的面門，還不到半公尺，一股奇腥撲鼻而至。

我知道這種巨蟒，力大無窮，是蠻荒罕見的生物，也知道這種巨蟒，在當年第二次世界大戰時，盟軍和日軍，在緬甸、雲南、泰國一帶血戰時，都有過軍方的正式記錄，連整輛裝甲車都有被巨蟒吞噬的紀錄。

我衛斯理再神通廣大，別說赤手空拳，就算有一柄M16在手，只怕子彈也穿不過牠那閃閃發光，看來如同鋼鐵一樣的鱗甲。

在這樣的情形下，我唯一的對付方法，就是趁牠還沒有進攻之前，三十六着，走為上着。

我已經蓄定了勢子，準備一個倒翻，淩空翻下峭壁去，可是就在此際，忽然通訊儀中，傳來了藍絲哈哈大笑的聲音——真可惡，她一定是在山頂之上，用遠程望遠鏡看到了我的狼狽相。

而那條巨蟒，一聽到了笑聲，斗大的頭，略側了一側，一雙怪眼，閃閃生光，向我瞅來，像是不明白我這個腰際會發出聲音來的究竟是什麼怪物。

我定了定神，看出巨蟒像是並沒有立即向我攻擊的意思，自然鎮定了不少。我伸手向腰際，拍了一下。（我把通訊儀掛在腰際。）

（趁機説明一下，乍一見這樣的巨蟒，難免大大吃驚，所以有關第一印象的形容，都是最早使用的語言，例如「海碗」、「斗」、「水桶」，如今大城市的孩子，只怕都不知道那曾是最普通的中國家庭的用具是什麼樣子、何等大小的了。）

就在這時，藍絲的聲音又傳出：「衛叔叔，別怕，這種大蛇，我們叫牠『好人蛇』——」

我不等她説完，就沒好氣：「你看看清楚，這不是什麼大蛇，是一條巨蟒，牠的血盆大口張開來，你小藍絲再加上溫寶裕，都不夠牠一口吞。」

藍絲咭咭一笑：「牠樣子可怕，可是十分馴，苗人養了來看孩子的，牠會用頭來拱你，把你趕走。你只要攬住牠的頸子，再伸手拍打牠的頭頂，牠就會乖乖伏下來，不會傷人。」

就在我對藍絲的話，將信將疑之際，那巨蟒的頭，果然拱將過來。

這時，我全然有機會可以倒躍避開，可是藍絲在山頂遙控指揮，我如果落荒而逃，未免淪為笑柄，一世英名，不致於掃地，也要去吸塵了。所以當巨蟒的頭拱過來的時候，我沉住了氣，非但不避，而且踏前半步，迎了上去，左臂摟住了巨蟒的頸——一條手臂，還摟不過來，右手立時拍打牠的頭頂，心中在想，若是蟒身捲將過來，那藍絲就算再精通降頭術，也救我不得了。

我才拍了三五下，那巨蟒的頭向下一沉，竟然擱到了我的肩頭之上，牠的身子，只怕有一大半還在山洞之中，卻一動也不動了。

那如斗一般大的頭，沉重無比，壓得我不由自主地喘氣，我正想把牠推開，忽然遮住山洞的門，揚了起來，一個人以奇快無比的身法，直竄了出來。

我已說過，山洞外沒有多少空地，那人竄出來的勢子又急，一下子就竄出了空地，變成身子凌空，眼看要摔下峭壁去了。

可是在他身子略沉之際，他凌空連翻了三四個筋斗，輕輕巧巧落在地上，身形再掠起，向溪水那邊奔去，使的分明是上乘的輕功。

我沒能看清那人的臉面，一則是由於蟒頭壓肩，轉動不靈，二則，那人一頭黑髮，在他翻騰之間，長髮飛舞，把他的臉面全都遮住了。

我只辨出，那是一個男人，因為他身上，只是半披着獸皮，露在外面的肢體，極其強壯。

我一看到那個人竄出來，第一個念頭就是要去阻截他，可是回頭一看，那人身形閃動，已掠出了老遠，估計我就算和他同時起步，也未必追得上他。

我身子斜了一下，一面仍然拍打着蟒頭，巨蟒一歪頭，自我肩上落下，竟然伏在洞口，一動不動，這「好人蛇」的名稱，倒真是名不虛傳，容易對付之極。我推開了巨蟒，用電筒照向山洞，同時向前走去。藍絲在這時警告我：「衛叔叔，山洞中可能有些古怪的生物，你要小心才好。」

這警告令我提高了警惕，首先，我不敢用手去開門，免得被藤上的尖刺所傷，而是用電筒撥開了門，閃身走了進去，一直着亮着強力的電筒。

一進了山洞，我就怔了一怔，山洞並不大，一進去就一覽無遺，首先看到的，是山洞的正中有一塊方方整整的大石。

那塊大石約有一公尺高，兩公尺見方，渾然天成，顯然是天生在這個山洞之中的。

在山洞中有這樣天生的石桌石台，是很常見的事，不足為奇，奇的是在這石台之上，有一段和人差不多高的木樁，那木樁被粗糙地雕成了人的形狀——之所以我一看就有這樣的印象，是由於這人型木樁上，穿了一件衣服。

那衣服已破爛不堪，在電筒的光芒下，根本分不清是什麼顏色了，從僅存的形狀來看，那有點像是一件女裝的長衫。

而在那「人像」之前，有一個像是用石頭鑿成的，類似香爐的物體，裏面有許多灰，灰上插着一種又細又直的樹枝，好像是插了香一般——這是一個祭壇。不是原始人或野人的祭壇，而是一個文明人在物質極端缺乏的環境之中設置的祭台。

那個人像，自然是被祭祀的對象，看來像是一個女性，從那粗糙的石頭鑿出的香爐上，可以看出一個人花了多少心血，用原始的工具，一下又一下地鑿出來的，其中自然也包括了鑿爐人對被祭祀者的懷念。

看了這種情形，我不禁很感動，在那「人像」前，站了片刻。

我在未進洞之前，就曾料到過，隱居在這種窮山惡水的人，可能是一個傷心人，現在更可以證明這一點了，我心中對打擾了這個人，大有歉意。

電筒光芒掃向山洞其餘的角落，在左角的一塊石塊上，鋪着不少獸皮，那自然是那個人的牀鋪。我走過去，發現在石牀上的洞壁上，有不少平整之處，都歪歪斜斜，刻滿了些字，最多的是一個「罪」字，其次是「悔」字，有四個最大的字是：「罪孽深重」，還有一些辨認不清，更多的不是字，只是一道又一道深深的刻痕，也不知是用什麼工具刻出來的。在不少刻痕上，有着褐紅色的斑點，像是凝固了的血迹——看了十分怵目驚心，眼前竟浮起了這樣的情景：一個披頭散髮的人，為了自己曾犯下的罪，而陷入無窮無盡的懺悔之中，用他的手指，在堅硬的石上抓着，抓出一道一道的深痕，也留下了難以磨滅的血迹。

彷彿只有藉着肉體上的痛苦，才能稍稍減輕他心靈上的苦痛。

我深深地吸了一口氣，心想這人不知道在這裏已多久了？他當年犯下的是什麼罪？何以在犯了罪之後，會這樣深深地自我譴責？

這一切，真的引起了我的好奇，因為一般來說，罪孽深重的人，很少會懺悔，相反地都會以為自己的行為十分正當。

我翻動了一下獸皮，想發現一下可以說明那人身分的物件，可是一點也找不到。

那只有兩個可能，一是他在這裏住得太久了，二是他故意拋棄了一切。

對於驚擾了這樣的一個人，我心中很是不安，不論這個人曾犯過什麼罪，他這種自我譴責的行為都可以作為補償了。

我取出筆，在洞壁上留下了一行大字：「朋友，我叫衛斯理，你有什麼困難，可以到藍家峒找我，在下很樂於給你幫助，抱歉曾驚擾你。」

留下了字之後，我走出了山洞，藍絲已不斷在問：「山洞中有什麼？」

她可能早已在問了，只不過剛才我在山洞之中，收不到信號，我道：「一言難盡，見面再說。」

等到藍絲駕了直升機把我接了上去，我說了山洞中所見，藍絲睜大了眼：「你以為他會知道你是誰？」

我的回答是：「如果你真心想幫助別人，總要讓別人知道你是誰。至少要自報姓名。」

其實，那時我也不以為一個隱居在苗疆的人會聽說過我的名字，我留下了自己的名字，只不過是表示誠意——後來，這個行動收到了意想不到的效果，那不是始料所及的。

藍絲嘆了一聲：「這人自知犯了罪，竟採用這樣的方法懲罰自己，可知他本質不是壞人……你說他供着一個人像，是一個女人？」

我隨口答：「從那個像是人像所披的衣服上，看來像是一個女人。」

藍絲望定了我，我忙搖頭：「我想像力雖然豐富，但是也平空編不出故事來。」

藍絲沒有再說什麼，我們仍然照着原來的計劃飛行，有時，見到特別多山窰處，就會多打幾個轉。一路上，也經過了不少苗寨，要發現良辰美景兩個人難，但是那架直升機卻相當龐大，除非是特地遮了起來，不然，應該可以找得到的，但是也沒有發現。

由於不時在兜圈子，所以一直到天亮，還未曾到達藍家峒。在苗疆的上空看日出，那是奇景中的奇景，朝霞漫天，映着一個一個山頭，各有不同的色彩，山峰和山峰之間，若是隔得近的，必然有彩霞繚繞，什麼樣的顏色全有，像是無數色彩絢麗的絲帶，隨着山風，在緩緩飄盪，而且色彩變幻，或由淡而濃，或由濃而淡，不可方物，看得人目迷五色。

更有在朝陽之下，大片大片的花林，組成絨繡一般的色彩，東一團西一團，有沾着露珠的，就閃閃生光，在山壑中，則又有一大團一大團的彩色雲團——藍絲說，那就是苗疆著名的瘴氣，在早晨發生的瘴氣，毒性特重，不論人獸，遇上的就無救。

我早就聽說過，在苗疆的深山之中，所謂瘴氣，共分兩大類，一類是千萬年來腐爛的花葉果實所發出的毒氣，凝聚在一起——這一類瘴氣，移動較慢，若是人老遠地看到了，可以避得開去。

還有一類，卻根本不是氣體，而是無數細小的，不知名的昆蟲，毒蚊毒蚋之屬，億億萬萬，聚成一團，看起來就像是一個霧團。

這類小蟲，大都有奇毒，而且對於溫度的感應，特別靈敏，一有熱血動物經過，立時知覺，會成群結隊撲過來，就算是土生土長的苗人，也防不勝防。常見人或獸的白骨累累，就是命喪在這一類的瘴氣之下的了。

這時，我自高而望下去，就看到，一大團翠綠色的瘴氣，倏東倏西，繞着一座林子在打轉，陽光之下，翠綠得異常奪目，自然就是那一類的瘴氣了。

我心想，良辰美景若是在苗疆中出了事，那當真是九死一生，兇險莫名——當然，連紅綾和白素，若是迷了路途，也是糟糕之極。

我在這樣想的時候，難免有一個短時間發呆，而藍絲就在這時，叫了起來：「看！」

她一面叫，一面向前指，我循她所指看去，只見前面是屏風也似一座峭壁，峭壁上一片青綠，也不知生長的是什麼植物，而在青綠之中，卻有兩個紅色物體，在迅速移動，自上而下，看來正在峭壁上攀緣而下。

那時，看出去，這兩個移動的紅色物體，只不過像兩隻兔子般大小，可是我一看之下，就失聲叫了出來：「良辰美景！是她們！」

藍絲已控制着直升機，接近那峭壁，由衷地讚嘆：「真好身手，簡直不是人。」

我驚駭之極：「她們想幹什麼？她們的直升機呢？」

藍絲回答了我的上半截問題：「她們想到山腳下去。」

這時，距離拉近，已可以看到人影了，也看到她們下落的方法，真是大膽之極。

峭壁直上直下，長着許多樹、藤，蒼翠青綠，她們就利用了那些樹和藤在向下落，兩人動作一致，手一鬆，身子就向下直落下去，下落的速度加快，到快到了一定程度時，她們就伸手，抓住了樹或藤，略停上一停，然後，又鬆開手，向下落去。

她們每次下墜，總可以落下三四十公尺，所以勢子快絕。等到直升機離她們更近時，我打開機艙的窗子，探出頭去，大叫大嚷。

她們當然聽不見我的叫聲，但是直升機一接近她們，她們就注意到了。這時，兩人在一枝松樹上停了下來。她們棲身的那根松枝，上下彈着，她們也不害怕，向我揮着手，又做着手勢——指向峭壁的上面。

我也做手勢，連連指着她們存身的那棵松樹，意思是要她們在樹上等我。她們顯然明白了我的意思，卻又指着下面，大搖其手，表示她們要下去。

我向下望去，看到下面是一個山谷，全是大樹，看來是一個原始森林。我向藍絲望去，藍絲立時道：「可以放你下去，可是你們三個化外之人，貿然進入這種原始森林，和羊入虎群，也就沒有什麼分別。」

我苦笑：「那有什麼辦法，她們向上指，可能表示直升機停在峭壁上面，你放下我之後，可以飛上去等我。」

藍絲一面降低高度，一面遲疑：「下面是森林，我看不到你了。」

我又好氣又好笑：「放心，衛斯理的行動，還不勞你遙遠控制。」

藍絲調皮地笑一笑：「不過，你若是遇到了什麼不明白的情況，還是可以立即問我。」

我嘆了一聲，無話可說，剛才，她竟然把我和良辰美景說成是「化外之人」。的確，身在苗疆，文明人的文明知識，可一點也派不上用場。

這時，直升機已降得比良辰美景還低，她們知道了我要幹什麼，所以下墜的勢子更快。看到她們的身手如此矯健，就知道她們並沒有什麼，只是不知道何以會流落在這裏而已，我自然安心了許多。

等到直升機來到了離森林只有十多公尺處，機翼引起的強風，令得樹木頂部的枝葉，起伏如浪，我乃由機腹中縋了下去，落到了樹頂，向藍絲揮着手，藍絲駕機直上。我望向峭壁上的良辰美景，只見她們也快落到森林的頂上了。

我這時，雖然説已落到了底，但是身在樹頂之上，向下望去，茂密之極的枝葉，擋住了視線，根本看不到下面的情形。

這時，我不禁想起，當日十二天官要溫寶裕去「盤天梯」，我曾向溫寶裕説了不少苗疆中步步都是死亡陷阱的情形，只有我不知的沒説，絕沒有誇大，想不到現在自己就在這種處境之中。

不一會，就聽到了良辰美景兩人的呼叫聲，自遠而近傳了過來，一雙紅影，在樹頂上如箭一樣射過來。別說普通人，像我這樣的身手，要在樹梢上移動，也相當困難，而良辰美景卻像是比在平地飛奔更快，因為柔軟而富有彈性的樹枝，可以把她們的身子彈起來，她們就借勢一掠就好幾公尺遠。

轉眼之間，兩人在我身前站定，這時，已有一片陽光照進山谷來，正好射在兩人身上，一片奪目的艷紅，那峭壁極高，她們用這樣的方法落了下來，也不禁有點臉紅氣喘，益增俏麗。

我第一句就問：「你們的直升機呢？」

兩人一起伸手向上指，我抬頭向上看去，連藍絲的直升機也看不見了，但是通訊儀中，恰好傳來了藍絲的聲音：「上面好大的一片平地，我看到她們的直升機了。」

我再問：「你們兩人好大的膽子，為什麼用這樣的法子下山來？」

兩人睜大了眼望着我：「還有什麼更快更好的法子？」

我悶哼了一聲：「下來幹什麼？」

她們道：「找紅綾和那一對老猴子。」

她們説着，向下看去，分明表示紅綾和那兩頭銀猿，就在山谷之中。

我不禁吃了一驚，也指向下面，心中一急，一時之間，卻説不出話來。

她們道：「昨天起飛不久，就發現了她。」

這裏離藍家峒不是太遠，起飛不久，發現了紅綾，又何以到幾乎二十四小時之後才下峭壁來呢？本來，我是預算良辰美景，在昨天中午，就可以到機場來接我的。

我並沒有把疑問問出來，只是盯着她們看。兩人現出氣呼呼的神情：「紅綾見到了我們——她見到了直升機，明知我們是來找她的，可是她故意和我們捉迷藏，躲來躲去。看來，一定是那兩隻老猴子的主意，紅綾不會那麼不知好歹。」

我嘆：「別先作評論，告訴我經過情形。」

良辰美景道：「先下去再説，我們又不是猴子，在樹上幹什麼？」

看來，兩人對猴子一無好感，才會那樣説的。

第五部

相見不歡

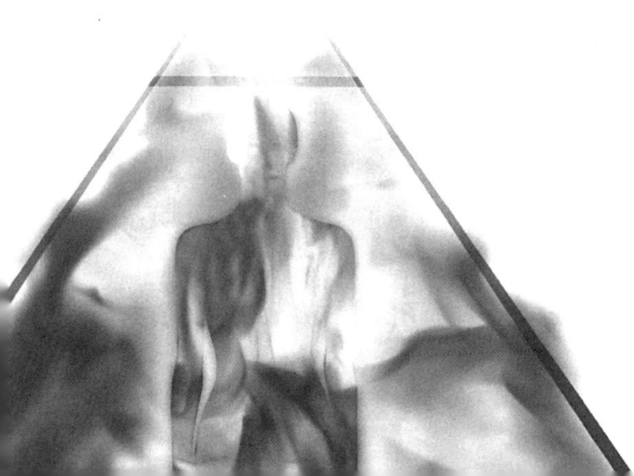

我吸了一口氣：「我們不知道下面的情形怎樣，千萬要小心才好，下面有可能是泥沼，也有可能有好幾尺深的腐葉，全是毒蚊。」

良辰美景見我說得認真，也十分嚴肅地點了點頭。

樹木雖高，但是要下去，也不會太難，不一會，就到了下面。地上雖有落葉，倒也乾爽。而且那種樹，枝葉廣茂，全集中在五公尺以上的樹幹，下面林木並不十分緊密。

落地之後，良辰美景跳了幾下，向我望來，大有嘲弄我剛才說得太嚴重之色。

我不理她們，催她們說經過。

原來她們在和我聯絡之後，就研究如何駕駛直升機，居然被她們駕着機起飛了——自然，起飛的姿勢，絕對不合乎標準。

她們也沒有航行圖，那是我在焦急之中的疏忽安排，而她們也大膽，商量好了，只要認定了方向飛，總可以見到城鎮，到時降落了再問，反正要去的機場屬於國際級的大都市，聚居着超過一百萬人口，在空中要找到它，總不是難事。

她們就是在這樣的情形下起飛的——當然不能責怪她們，因為那時，由於紅綾和白素相繼失蹤，兩人的心中也焦急無比，只盼快點和我相會，而且，她們還有很多話要向我說，才會這樣輕率上路的。

既然提到了良辰美景出發時的焦急心情，那自然和她們到了藍家峒之後的遭遇有關，索性從頭說起，更容易了解事情的來龍去脈。

白素請良辰美景到苗疆去，經過兩個階段的思索過程。開始，她想兩人和紅綾作伴，使紅綾更接近，或是傾向文明社會，同時，也有請良辰美景「看守」紅綾的意思。

這個設想，她一提出來，就遭到了我強烈的反對，她也就改變了主意，想良辰美景陪紅綾來玩，就算不能替代那一對銀猿的位置，也可以潛移默化，使紅綾在氣質上，更接近文明社會。

開始的時候，一切都很順利，雙方相見極歡，紅綾帶着兩頭銀猿，自直升機上撲了一下，一下子就撲到了良辰美景的身前，瞪大了圓滾滾的眼睛，目光炯炯有神，盯着良辰美景看，而且，毫不掩飾地繞着她們轉，現出奇怪之極的神情，口中不住地道：「真是一模一樣！真是一模一樣！喂，聽說你們兩人，跑得很快？」

在紅綾看到良辰美景，覺得奇怪之至時，良辰美景同時，也在打量紅綾這個女野人。事後，她們有一句極有趣的評語，這樣說：「真是，怎樣也無法把紅綾和她母親聯想在一起，太不同了，所以……她們在性格上也截然不同，嗯，紅綾其實是很像衛斯理的。」

當下，雙方互相打量了一會，紅綾又首先提出了問題，良辰美景一面答應着：「還可以。」一面又去打量在紅綾身邊的兩頭銀猿。

那兩頭銀猿，是那群靈猴之中最老的，不知已有多老，可能已超過一百歲，但是看起來，卻總是銀毫閃閃的兩隻猴子，很逗人喜愛。

所以，兩人一面打量，一面自然而然，伸手想去摸銀猿的頭。

她們兩人出手何等之快，可是手還沒有碰到銀猿的頭，銀猿的身子一閃，她們就摸了個空。

良辰美景的心思轉得何等之快，心中也有了嗔意：「你不讓我摸，偏要摸。」是以在一下摸空之後，連十分之一秒都沒有耽擱，手臂一長，身形閃動，第二下又已出手。

可是這一下，銀猿的身形疾掠，她們還是沒有碰到銀猿的一根毫毛。

良辰美景一聲長嘯，兩條紅影已疾撲而出，那兩頭銀猿，也長嘯連連，紅綾更在一旁，大聲吶喊助威，一時之間，至少吸引了好幾百人，看良辰美景和銀猿在機場之上，追逐比賽。

機場本就平坦，跑道更可以供飛機起落，何況是人和猿的奔馳，可以說是最好的比賽場地了。所有的旁觀者，都看得眼都花了，甚至視線也跟不上銀影紅影，看得人大聲喝彩。

紅綾和白素並肩站着，高興得一面蹦跳，一面拍手，一面又拍打着自己的身體。

每當紅綾拍打自己的身體時，白素不是一下伸手握住了她的手，就是把她的手拍打開去，同時道：「人在高興的時候，只拍手，不拍打自己的身體。」

她算是委婉的了，沒有說出在高興的時候拍打自己的身體，那是猿猴的行為。

可是她這樣不斷糾正紅綾的行為，也惹得紅綾十分不快，但由於人、猿的追逐實在太精彩，所以紅綾仍然大聲酣呼，而且承認：「這兩個女孩，跑得比我快，她們幾乎和靈猴一樣快了。」

紅綾說着，現出十分佩服的神情，看來容光煥發，神采飛揚。

這時，場中的情形，起了小小的變化，只見良辰美景的身形，陡然向上拔起——她們正在向前疾馳之中，要陡然向上拔起，自然而然，不是筆直地上下，而是斜斜向上，拔起約有三四公尺。

在這上頭，就分出人和猿猴的不同處了——靈猴再靈，始終是猴，在智力方面難以和人比較。而且，猿猴有喜愛模仿的天性。兩猿一見良辰美景躍起，竟也各自長嘯，也躍了起來。

看起來，牠們躍得比良辰美景更高，可是良辰美景才一躍起，就料定了銀猿跟着學樣，也早已有了打算，使出了她們的上乘輕功——才一躍起，立時真氣下沉，兩個人如同被人在半空之中摔下來的石頭一樣，重重地直跌了下來，墮勢極急。

所有看到的人，無不駭然，紅綾不知就裏，「啊」地一聲，叫了出來，身子掠向前，想去救良辰美景，但雙方相隔甚遠，如何能一下子就趕向前去？

也就在那看來千鈞一髮的情形下，兩頭在半空中的銀猿，陡然身子一翻，撲向良辰美景，猿臂伸處，一邊一個，已把良辰美景接住。

良辰美景也趁機，伸手在銀猿的頭頂之上拍着，一面笑一面道：「真了不起，不愧叫做靈猴。」

雙方的追逐，從良辰美景想摸銀猿而摸不到開始，現在出現了這種情形，可以説良辰美景的目的已達，她們已經贏了。

可是我聽她們講到這裏，不禁皺住了眉，心知事情決不能就這樣容易罷休。良辰美景一直在留意我的反應，一見我這等神情，她們也停了下來，望着我問：「衛叔叔，我們是不是做錯了什麼事？」

我沉吟了片刻——她們的這個問題，不容易回答，再加上我還不知道接下來發生了什麼事，而她們的神情又十分認真，可知事情的發展，一定令人不愉快。

我想了片刻，才道：「如果你們一直追不上銀猿，最恰當的方法，是停下來哈哈一笑。縱躍如飛，本來就是猿猴的所長，你們已經展示了絕頂輕功，人人嘆服，也已經夠了。」

良辰美景聽了我的話，低下頭去，好一會不説話。

我笑了起來：「怎麼樣？不同意我的説法？大可反駁，不必放在心中。」

良辰美景這才抬起頭來，扁着嘴，一臉的委曲：「我們只不過想摸一摸牠們的頭，牠們竟然不讓我們摸，要是我們終於碰不到，那多丟人。」

良辰美景説來十分理直氣壯，我搖着頭：「牠們有權不喜歡給人摸頭。」

兩人叫了起來：「猴子就是給人逗着玩的。」

我笑：「第一，那只是人的觀點。第二，牠們不是普通的猴子。」

良辰美景嘟起了嘴不出聲，我又問：「你們怎麼料得到銀猿會來接住你們？」

兩人道：「我們沒料到這個，我們估計，猴子也會見樣學樣，自半空中直跌下來，那我們就可以跳起來，騎到牠們背上去。」

我吸了一口氣，銀猿通靈，一時不察，以為兩人有了危險，所以出來救了她們——連紅綾也以為她們有危險了，可知雖是獸類，但心地良善，而良辰美景卻趁機去拍打銀猿的頭頂，以逞自己之能，顯然有所不是了。

我一向主張就算跟我年齡有距離的人交往，一定要把對方也當作成年人，不能把對方當小孩子，所以如果當對方是朋友的話，就要實話實說，不能敷衍了事——有些人可能不喜歡聽實話，那是他的事，而如果不實說，那是我的事了。

所以，我立刻把我的想法，說了出來。

良辰美景齊聲道：「是……使了點詐，可是……可是那時的情形……也不算什麼。」

確然，真的不算什麼，人、猿大賽，根本誰勝誰負，都不算什麼。良辰美景好勝心強，也無可厚非，她們略施小計，佔了上風，銀猿也未必會明白其中的巧妙。

當她們拍打銀猿的頭部之時，在一旁的白素，自然看出她們使了點詐，同時心中也感到銀猿忽然出手救人，十分可敬。

她當然不會出聲説什麼，正笑着走向前去。

可是，白素才踏出了一步，就聽到紅綾發出了一下憤怒的吼叫聲。

一聽到紅綾發出的那下吼叫聲，白素就知道不妙了。

銀猿本身不知道佔了便宜或吃了虧，可是智力已大開的紅綾，卻清楚地看了出來，銀猿好心救人，卻反倒給人佔了便宜，她又護着銀猿，自然感到了氣憤，這才陡然大叫起來。

紅綾和銀猿之間，必然有着藉聲音而達到迅速溝通的方法，她這裏才一叫，兩頭銀猿立時會意，良辰美景還沒有縮回手來，銀猿已經疾出爪子，也向良辰美景的頭上，疾抓了過去。

兩人被銀猿抱着，又在得意洋洋，本來是極難避得過去的，虧得白素在紅綾一出聲的時候，就知道事情不妙，所以緊接着，也叫了一聲。良辰美景乖覺，知道事情有變，早已用力一掙，倒翻了出去，四下裏可以說同時發動，但銀猿的動作，疾逾電光石火，在她們翻出之際，還是把她們頭上的鮮紅色的髮箍抓了下來。

（良辰美景曾詳細介紹了被抓走的髮箍是法國什麼名家的設計，我也記不清楚。別說是銀猿，就算是紅綾，也不認為那會比一個草結的環更好看。）

這一來，良辰美景雖然全身而退，可是也狼狽得可以，兩頭銀猿抓住了髮箍，凝立不動，紅綾則氣沖沖走了過來，看來還要指責良辰美景的不是。

當然，白素不會給她開口，立時握住了她的手，紅綾用力一摔手，大踏步向兩頭銀猿走去，不愉之情，誰都可以看得出來。

紅綾來到了銀猿的身邊，立時摟住了銀猿，發出了一點聲響，銀猿也嘰嘰喳喳叫着。

良辰美景望向白素，白素正在為難，她本來預料，良辰美景和紅綾會相見甚歡，誰知道一陣追逐之後，竟然形成了相見不歡的局面。

按照習慣，白素在這樣的情形之下，就應該不論是非曲直，責斥自己的女兒，向良辰美景賠不是。

可是，她又知道自己這個女兒，雖然已脱去了一頭一臉一身的長毛，也學會了說人話，可是本質上，也還是野人，說她她也不明白。

所以白素躊躇着，不知如何才好。

良辰美景看穿了白素的心事，她們失去了髮箍，心中很是不快，但是她們善解人意，看出了白素的為難，就低聲道：「白姐姐放心。」

她們當年第一次見白素的時候就這樣叫，後來也就一直沒有改口。

說着，兩人滿面笑容，收拾了心中的不快，向紅綾走了過去，來到近前，紅綾和銀猿，大有敵意，一副全神戒備的神情。

良辰美景伸出手來：「出手真快，我們竟沒能避開，把髮箍還給我們吧。」

良辰美景的行為，漂亮之至，我聽得她們講到這裏，就喝了一聲采：「好。」

兩人聽到我喝彩，神情很是快慰，但是臉上隨即又陰雲密佈，很不快樂。我也不禁笑了一下，因為她們笑臉迎人，換了任何人，都必然一笑置之，再也沒有芥蒂了。可是紅綾是野人，銀猿不是人，接下來發生的事，只怕不能以常理去猜度，確然不能以常理論之，良辰美景笑嘻嘻地伸出手來，那時，她們的髮箍，還在銀猿的手中。銀猿顯然明白兩人的意思，老猴頭確是可惡，並不還人東西，卻把一雙猴眼，向紅綾望去。

紅綾更是可惡了，她沒有出聲，只是頭一昂，略翻了翻眼——這必然是她和銀猿之間自小就用來溝通的身體語言，良辰美景再聰明也不會明白，仍然笑嘻嘻地伸着手。

而銀猿一得到了紅綾的指示，一咧嘴，各現出一口白森森、尖利無比的牙齒來。猿猴也會有這樣銳利的牙齒，良辰美景想都未曾想到過，就不免呆了一呆。所以接下來的時間，她們眼睜睜地看着自己心愛的髮箍，被送進了猿口，「咔咔」連聲，被咬成了三四截；猿唇一撮，竟然把斷箍向她們兩人吐了過來。

幸得兩人身手快，各自後退，避了開去。

猿猴如此，紅綾又怎樣呢？紅綾竟在這時，縱聲大笑了起來。她一笑，兩頭猿猴也跟着笑，還拍手拍腳，拍打着身體。

這一來，良辰美景僵在當地，實在不知如何才好，難堪之極。

良辰美景說到這裏，定睛望向我：「我們雖有不是，但是那也過分了。」

我點頭道：「是。她太過分了。」

良辰美景又不說話，只是望着我，我知道她們的心意是在問我，如果我在場，我會做些什麼，如何處理，我不禁也不能一下子就回答得出來，紅綾的行為過分，但是她根本不知道自己過分，那麼，就應該告訴她，她這樣做不對。應該向良辰美景賠不是。

可是，紅綾可能連什麼叫「賠不是」都不了解。而其勢又不能讓良辰美景太受委曲，事實上，她們已經夠受委曲的了。

我一面想，一面就把我所想的說了出來，好讓良辰美景知道我思考的過程。

我一路說，她們一路點頭。

我最後下結論：「我會用嚴肅的語氣，要紅綾命令兩頭銀猿，拾起咬斷了的髮箍來，由銀猿用極恭敬的態度，還給你們。」

我說了之後，望向兩人，兩人仍然寒着臉，我就問：「白素她怎麼處理？」

良辰美景道：「和你不同，她斥責紅綾，要紅綾把斷箍拾起來還給我們。」

我不禁嘆了一聲，白素也可以說是聰明一世，糊塗一時了，紅綾怎肯聽她的話？

我在這裏把一些看來絕對無關痛養的小兒女，甚至是人猿之間的意氣之爭寫得這樣詳細，不但那和故事的發展有關，而且可以說明，長江大河，始自濫觴，很多莫名其妙的小事，會變得一發不可收拾。正像在《探險》和《繼續探險》那兩個故事中所記述的那樣，事情會有怎樣進一步的發展，人生歷程的下一步會如何，全然無法預測。

果然，紅綾揚着頭，連看也不向白素看一眼，白素的母親尊嚴，受到了冒犯，這是白素在感情上最脆弱的一環，她走向紅綾，指着地上的斷箍，把剛才的話，用極嚴厲的語氣，再說了一遍。

紅綾大聲道：「不。」

白素堅持：「你一定要，良辰美景是朋友，你要學會如何對待朋友。」

紅綾倒知道「朋友」的意思，她的回答是：「不，她們不是朋友，她們拍打靈猴的頭，靈猴的頭，我都不能碰，只有身上會……生火的人才能碰，她們的身上會生火嗎？」

紅綾説着，現出一副不屑的神色，斜睨着良辰美景。

這一番話，別説良辰美景不明白，連和紅綾相處了大半年的白素，也是莫名其妙。

良辰美景雖然心中生氣，但是她們畢竟見識非凡，也不會和紅綾一般見識，再加以紅綾説得突兀，引起了兩人的好奇，所以便問：「什麼叫身上會生火的人？」

紅綾大聲道：「身上有火，身上有火，就像是火堆，有火冒出來。」

她對於詞彙的運用，還不是十分流利，所以一面説，一面指手劃腳，不斷做手勢，表示她説的是一個全身會冒火的人。

良辰美景仍是不明所以，向白素望去，白素的眉心打着結，並不説話。

良辰美景在訴説到這裏時，向我望來，她們立刻指着我：「就像你現在一樣。」

結。

那時，我聽她們轉述紅綾的話，陡然想起了一件事來，所以眉心也打着結。我相信白素有同樣的神情，正是想起同樣事情的緣故。

良辰美景高聲問：「你想到了什麼？」

我遲疑着，不敢肯定，過了一會，我提高了聲音：「藍絲，你看全身會像火堆一樣發火的人……那是什麼？」

我和良辰美景在密林中交談，一直打開着通訊儀，我們的交談，藍絲全可以聽得到。密得連陽光也只能一絲絲零星射進來的森林，抬頭望去，根本什麼也看不到。可是無線電波自然可以把聲音帶出去。

藍絲立刻有了回答：「照我所知……倮倮人以前有他們崇拜的對象，稱作『烈火女』，三年交替換人；在新舊交替的儀式中，新舊烈火女，都會全身發火……聽說，舊的還會被燒死。」我長長地吸了一口氣，因為我那時，想到的也是倮倮人的崇拜對象「烈火女」。

在《探險》和《繼續探險》之中，我們曾接觸到「烈火女」這種神秘的現象，可是無法作進一步探索。開始時，還曾以為白素兄妹的母親，可能是烈火女，後來才知道不是，這也就沒有再追查下去了。

然而，白老大和白素的媽媽——陳大小姐曾在烈火女所住的山洞中居住，而且由於陰錯陽差，那天在一艘扁圓形的宇宙飛船出現之後，陳大小姐就離開了那個山洞，直到許多年之後，才又在四川出現，手刃了殺父仇人，帶走了紅綾，又深入苗疆。

後來，我和白素有機會到了那極險的山峰之頂，知道她曾在那裏住過，可是她為何離去，到哪裏去了，仍然一直是一個謎。

我和白素也曾討論過，苗疆之中，有的是山洞，他們要住哪一個都可以，而且，不必住山洞，也可以蓋房子住，為什麼要和烈火女同住在一個山洞之中呢？

是不是他們早就發現了所謂烈火女，另有秘密，所以為了探索而接近，這才住在同一個山洞之中？

這許多疑問，都沒有答案，這時，忽然聽得自紅綾的口中，說出「會生火的人」來，聯想到了烈火女，自然特別引起關切。

我問藍絲的意見，竟然和我想的吻合，而白素當時，顯然也想到了這一點，所以她的反應如何，十分重要，我忙請良辰美景說下去。

第六部

猴頭上的腦科手術

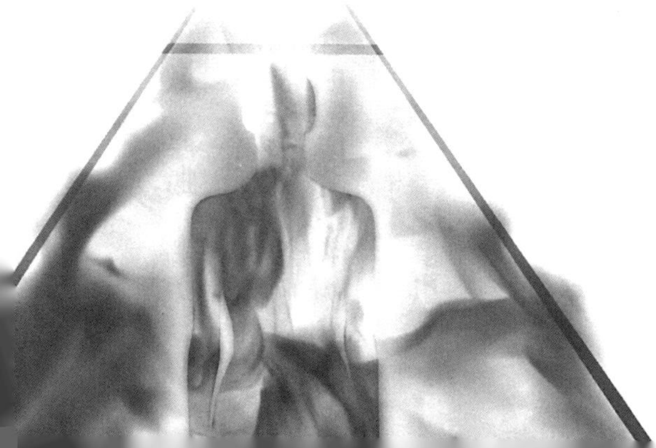

在紅綾的比劃之下，良辰美景總算明白了她在說些什麼，兩人並不知道有烈火女其事，所以一起笑了起來，她們本來還想說「哪有人身上會生火的？就算有，也被他自己冒出來的火燒死了。」

照她們兩人的性格，說了這番話之後，還會有好一陣子好笑。

不過她們還沒有說什麼，紅綾已一瞪眼：「你敢笑神仙？身上會生火的，全是神仙——」

為了要證明她說的話有理，她又補充了一句：「我本來也不知道什麼叫神仙，是十二天官告訴我的。靈猴是神仙養的，所以只有神仙才能碰牠們的頭。」

話又繞回來了，原來正是良辰美景的行動，冒犯了靈猴，所以紅綾才生氣。

白素聽了紅綾的話之後，心中充滿了疑問，她也首先想到了烈火女，想到了烈火女和她父母在苗疆的生活大有關連。她有許多問題要問，可是那樣的環境，並不適宜詳談，所以她只是道：「良辰美景遠來是客，怎知那麼多，來，大家一起上機。」

紅綾若是稍通人情世故，在當時的情形下，當作什麼事也沒有發生過，大家嘻嘻哈哈笑着，擠上直升機去，自然也就沒有事了。

可是紅綾斜睨着良辰美景，神情憤然，竟大有不願意上機的神情。良辰美景自然是懂得人情世故的，可是她們畢竟是少女，不是積年處世的老滑頭，她們也看出了情形尷尬，可是也想到，自己沒有道理要向兩隻老猴子道歉之理，所以她們只是抿着嘴不出聲。

白素又說了一遍，良辰美景已經向直升機走了過去，可是紅綾仍然和兩頭銀猿摟作一團，一點也沒有上機的意思。良辰美景一回頭，看到了白素的臉色，心中不禁大吃了一驚。

其時正是天氣微明時分，在微亮的晨曦之中，白素面色鐵青，心中分明憤怒之至，可是卻又發作不出——良辰美景自從第一次見白素以來，從來也未曾見過白素現露出這樣的神情。

她們知道，自己惹下的亂子不少，兩人全是一樣的心意，身形一閃，就來到了紅綾的身前——這就是她們兩人的可愛之處了，兩人來到了紅綾的身前，向兩頭銀猿一拱手：「對不起了，剛才摸了你們的頭，不知道你們的頭是摸不得的，什麼時候，等我們練成了全身會冒火的本領，再來摸你們吧。」

這樣一說，紅綾才算是咧着闊嘴，笑了一下。白素看出情形已有和緩的迹象，就強忍着心頭的怒意，重又催促各人上機。

須知道白素是天生的一副外柔內剛的性格，遇到了什麼她要做的事，百折不撓，絕不退縮，強硬頑固起來，一點轉彎的餘地也沒有。當年為了保護我，連自己的生命都可以不理，又曾為了我的靈魂通過頭髮而離開，到了「天堂」，而在我的身體之旁，守候了六年之久。這種事，誰能做得到？由此也可見她性格剛毅的一面。

良辰美景一見到紅綾時，說怎麼也不能把紅綾和白素兩人拉在一起，那只是由於她們的外型不同。但她們母女兩人的內在性格，卻在奇妙的遺傳密碼的安排之下，可怕地相似——兩個這樣的人遇上了，別說一個是野人，就算在正常的環境之中長大，一旦出現了意見不同的情形，也會演變成水火不相容。

要是紅綾的性格像良辰美景，或是像溫寶裕，那自然什麼衝突都不會發生了。

白素心中的惱怒程度，我完全可以明白，而且惱怒若是能發泄，倒還罷了，偏偏她無法在紅綾身上發作，那就更會形成她精神上的極度困擾——愈是想處理，用的方法也就愈是不當。以後無數的事，大半也是基於這一點而產生出來的。

卻說當下，一行人等，擠上了直升機，處在小空間中，就更加尷尬了，紅綾雖然野，但總還可以忍住了不動。那兩頭銀猿，如何能靜得下來？牠們在機艙狹小的空間之中，爬來爬去。

良辰美景雖然也憋了一肚子氣，但究竟童心未泯，兩人不約而同一起打量銀猿的頭頂部分。開始時，她們兩人的心思只是：「老猿子的頭頂，手不能摸，用眼睛來看，總可以吧！」

她們的視線，盯着銀猿的天靈蓋處，銀猿爬到哪裏，就跟到哪裏。白素正在專心駕駛，自然防不到她們會有那樣淘氣的行動，連紅綾也沒有察覺。

那兩頭銀猿，十分乖覺，沒有多久，便已覺察了。牠們先是也盯着良辰美景的頭頂看，不一會，就伸爪捂着了牠們自己的頭頂。

又過了一會，牠們更伸爪在頭頂上抓，現出十分不耐煩的神情。

而良辰美景也在這時候，看到了一個十分奇特的現象。銀猿全身是毛，頭頂上的毛也很長，銀光閃閃，很是好看。牠們伸爪一抓，先是看到牠們頭頂上的銀毛，長得相當稀疏，披拂之間，可以看到牠們的頭皮。接着，兩人都看到，銀猿的頂門之上，有一圈完全沒有毛；而且頭皮上，有一圈很整齊的縫合痕迹，像是曾經進行過大型腦科手術一樣！

一發覺了這一點，兩人的心中，疑惑之至。若不是有在機場中的教訓，兩人非把銀猿捉過來，仔細察看研究一番不可。

兩人沒有出聲，卻更加盯着銀猿不肯放鬆，愈看愈像，那兩頭銀猿的天靈蓋，顯然曾被揭開過，而又縫合起來的，不然，不會有這樣的疤痕。

兩頭銀猿躲不過良辰美景的眼光，索性躲到了紅綾的身後。紅綾在這時，也知道發生什麼事了，重又向良辰美景怒目而視。

雙方總算沒有再在機艙內作進一步的衝突，不然，在狹小的空間之間，不知會造成什麼樣的後果。

那外星人杜令，在把這直升機留給我們使用時，只怕以他外星人的智慧，斷然不能明白地球上的衝突，會有那麼多種形式和種類。

從和良辰美景相遇起，她們告訴我的事，已經不算少，卻並沒有花費多少時間，由於她們說話的方式奇特，而且速度奇快之故。

不過我也聽出，說到現在，只不過說了她們從機場到藍家峒途中的事，甚至還沒有到達藍家峒。而在到了藍家峒之後，必然還有許多事發生，不然，不會導致如今這樣的局面。那只怕還要花相當長的時間才能說得完，而我心急想知道她們發現了紅綾之後的事，和紅綾現在在什麼地方。

所以，當她們的敘述告一段落時，我就道：「且別說在藍家峒中發生的事，說你們在一起飛之後不久就發現了紅綾的事。」

良辰美景呆了一呆：「你對那兩頭猴子可能曾進行過腦部手術一事，不感興趣？」

我一揮手：「有興趣，但一來你們的觀察未必正確，二來，你們才從峭壁上下來，目的也是為了追尋紅綾的下落，是不是？」

良辰美景齊聲道：「我們根本不必追尋她，相信她就在附近，不知躲在什麼巧妙的地方看着我們。」

我聽她們這樣說，雖然不知道她們何所據而云然，但也不免四面張望了一下。林子之中，隱蔽之處極多，單是東一簇，西一叢，那種有着巨大葉子的植物附近，就可以藏許多人。若是紅綾和那兩頭銀猿要躲起來，有的是地方。

良辰美景又道：「可以肯定她在附近。她若是願意出來，一定會出來。」她們這樣說了之後，停了一會，又道：「甚至，可以肯定她能聽到我們的談話。」

我聽得她們一再這樣說，沉不住氣，一提氣，就想出聲把紅綾喝出來。可是我才有動作，良辰美景又一起向我作手勢，示意我不可出聲。

我不知她們在打什麼鬼主意，只好忍住了不出聲。良辰美景嘆了一聲：「其實，她一直在逗我們，我們擔心的倒是白姐姐，她為什麼一直沒有出現？」良辰美景和白素的感情十分好，一說到這裏，憂形於色，絕非做作。

我雖然也一樣焦慮，但仍要安慰她們：「相信對任何惡劣的環境，她都有能力應付，快告訴我你們發現紅綾時的情形。」

良辰美景再嘆了一聲：「我們十萬火急，總算令直升機起飛，就一直向南飛，起飛不久，就看到了紅綾和兩隻老猴子在一個山頂上翻筋斗。」

我不禁也嘆了一聲，和猴子在山頂上翻筋斗，自然比拿着筆寫字有趣多了。

良辰美景利用直升機上的望遠鏡看到了紅綾，紅綾自然也看到了直升機。

我相信，紅綾在才一看到直升機時，一定以為那是白素駕機來追。我不知道她內心深處對白素的態度究竟如何，但是多少有點忌憚，那是人的天性。

所以，紅綾在才一看到直升機的時候，立時不再在山頂停留，而和那兩頭銀猿，以十分快捷的動作下山去。

良辰美景在直升機上，發現了紅綾，如何肯放過？自然駕機追了上去。她們兩人的駕機技術不佳，直升機搖擺不定，險象環生，簡直隨時可以跌下去。

紅綾顯然不知道會有機毀人亡的危險，只是揀險要處竄去，良辰美景輪流自機艙中探出頭來，向紅綾大叫。

大概紅綾聽不到她們的叫聲，但是她也很快弄清楚了機上只有良辰美景兩個人，並無白素在內，這一來，自然無所忌憚，膽子也大了。

於是，紅綾就開始逗着良辰美景，時隱時現，等兩人認為她再也不會出現時，卻又不知從什麼地方冒出來，一面跑跳，一面做鬼臉。

好幾次，直升機幾乎沒撞在懸崖峭壁之上——老實說，若不是那直升機是杜令（外星人）留下來的，性能之佳，天下無雙的話，早已無倖免於難之理了。

這一段過程時間相當長，良辰美景雖然知道我在等她們，一定等得心急萬分了，可是也實在忍不下這口氣來，竟追逐了一整夜。

等到她們陡然省悟，自己在直升機上，看來像是佔了優勢，其實反倒是劣勢時，再也沒有法子能鬥得過在山林間亂竄的紅綾。

所以，當她們看到紅綾站在山頂的一幅平地上，又一次向她們挑戰時，她們就在山頂降落。

在她們降落之前，紅綾已帶着銀猿，沿陡直的峭壁而下，她們一停了直升機，也就沿峭壁前下——那就是我和藍絲發現她們時候的情景。

良辰美景說完了經過，我也感到，她們的判斷是對的——紅綾就在附近躲着，看着我們，聽我們講話。

有了這樣的判斷，自然也不忙去找紅綾——我們話不說完，她不會走。而且我也明白了她們不讓我出聲的道理，我一出聲呼喝，紅綾願意聽還好，不願意聽從我的話，她反倒會走遠，那就不好找了。

所以我道：「嗯，那說說你們到了藍家峒之後的情形。」

良辰美景在又開始敘述之前，也四面留意了一下，由於察看不到什麼動靜，所以大有疑惑之色，反倒是我，給了她們一個眼色表示我相信紅綾就在近側，她們才安心。

良辰美景到了藍家峒，自然大受歡迎，全峒上下，對她們那種一模一樣的身形，閃電一樣的動作，都又是好奇，又覺得有趣。

而良辰美景對於十二天官那種生活在一起的情形，也嘆為觀止。她們是天生的自然渾成，十二天官十二位一體的情形卻是後天養成的，自然更加難得。

十二天官是峒中的中心人物，既然和良辰美景互相欣賞，良辰美景自然更受歡迎。再加上苗人本就好客，藍家峒的苗人尤然。要不然，當年受了傷的老十二天官，有大批軍隊在追殺他們，走投無路之際，闖進藍家峒來，也不能蒙全峒收留掩護，得在峒中渡過晚年了。

（老十二天官在江湖上的事，以及他們如何被軍隊追殺的事，若是寫出來，更是驚心動魄之極，那是一個爭相殘殺，殘酷得近乎瘋狂的年代。）

（關於和老十二天官有關的殺戮情況，直到半個世紀之後，才有一些資料披露。）

（在一篇描述當時軍隊最高指揮的文章中，有如下的透露——軍隊總指揮在行事的過程中，下令屠殺。結果他向最高當局報告中有這樣的句子：「可殺可不殺的有四萬人，都殺了。」）

（最高當局的批示是：「殺得好。」）

（「可殺可不殺」的都有「四萬人」，該殺的有多少？在那一帶的千山萬巒之中，不知躺下了多少強悍勇敢的男女，他們的血，也滲進了那片土地之中。像老十二天官那樣強悍的可殺人物，能在那麼惡劣的環境之中，殺出一條血路來，其經過之驚天動地，可想而知。）

（忽然有了這幾段加插，是由於才看到了那篇文章的緣故。）

良辰美景大受歡迎，紅綾卻沒有什麼特別的反應，她只是和許多猿猴，自顧自地玩耍——她處世的態度，純粹是一種生物本能，人不犯我，我不犯人，她自己有她自己快樂的標準，不會自尋煩惱，也不會妒忌良辰美景得到峒中的熱烈歡迎——妒忌是煩惱的根源之一。

白素總和紅綾保持着適當的距離——讓紅綾留在她的視線範圍之內，可是又不太接近。良辰美景看出了白素的苦惱，也常在白素的身邊出現。

她們向白素說了她們看到銀猿的頭部，像是經過腦科大手術，整個天靈蓋都像是曾被揭開過。

白素聽了之後，大是訝異，因為她並沒有注意到這一點。腦科手術，尤其是替猿猴進行腦科手術，這不免有點匪夷所思。

那自然不是身在苗疆中的人類所能做得到的事，老十二天官雖然武功絕頂，也沒有替猿猴施腦科手術的能耐。所以，白素的思想方法和我一樣，自然而然就想到了外星人。

那時，白素想到了外星人，也不是全無根據的。她可以肯定，當年，她的父母都曾在苗疆見到過外星人和外星人的宇宙飛船——又圓又扁，銀光閃閃的一艘飛船。

她也可以肯定，那艘飛船和飛船中的外星人，和她母親的關係，不是偶然見一次，而是經過了一段相當長時間的相處。

她曾到過一個山頂，那裏有巨石堆成的屋子，有紅綾曾在那裏住過的證據，有大群靈猴，至今仍然聚居在那裏。

白素甚至肯定，她母親最後突然在苗疆消失，連尚在幼年的紅綾都置之不顧，一定也和外星人有關。

那麼，想到外星人就十分自然了——若是銀猿曾接受過大型腦科手術，那麼，施術者自然非那批外星人莫屬了。

白素也知道，這批外星人和杜令，以及在沙漠留下的一批白衣女人，又在苗疆山頭上建立了基地的那一批外星人不同。

至少有兩幫外星人（或者更多），選擇了苗疆一帶，作為他們的活動範圍。

（各位別以為衛斯理故事中出現外星人的次數太多。關於《探險》、《繼續探險》和這個故事以及以後的故事之中還會出現的外星人，最近又出現過。）

（這個故事發生在若干日子之前，在我整理經過記述時，一九九一年五月二十一日，香港《明報》有如下報道：

四川上空發現不明飛行物體

中通社成都二十日電：本月十七日晚，西南航空公司一架大型客機在四川敘永上空發現不明飛行物。

據《成都晚報》報道：五月十七日二十二點鐘左右，西南航空公司一架大型客機波音七〇七型二四〇八號飛機在飛廈門至成都途中，路經敘永上空時，機組發現右前上方有一直徑約三十米的銀白色大圓（盤）環。這個龐然大物離飛機愈近，體積卻愈來愈小，猶如一個亮晶晶的大面盆。當時空中有零星閃電，為了飛行安全，機組一面注意避讓此物，一面採取果斷措施下降高度，關閉航行燈，大約四分鐘後，不明飛行物鑽入右前上方雲層，與此同時，飛行在二四〇八號飛機前面的一架二五四客機也發現了這個怪物。）

（第一，請留意幾點：「中通社」是「中國通訊社」的簡稱，總社在北京，是全國性的通訊社。)

(第二,四川敘永縣在四川南部,長江的支流永寧河上游,鄰接雲南、貴州兩省,正是自《探險》之後一連串故事的地理背景所在,而一再提及的「苗疆」,也就在雲南、貴州境內。)

(第三,該不明飛行物體的形狀是:「直徑約三十米的銀色大圓盤」,請參閱《繼續探險》中對那宇宙飛船形狀的形容,可知兩者是同一型的宇宙飛船。)

(發現不明飛行物體的航機是在成都至廈門的航途之中,不明飛行物體當是從苗疆來,或到苗疆去,經過敘永上空才被發現的。)

(最後,發現不明飛行物體報告的有兩架航機,證明不是錯覺。)

(那就是這一批外星人——曾和白素一家,上下三代有過密切接觸的外星人的飛船,應該沒有疑問了。)

支持白素有外星人想法的,還有紅綾所説「會全身生火的人」,那種人和銀猿的關係十分密切——是不是那種外星人身上會發光(或者竟是真的發火)呢?

白素的心中,充滿了疑問。

當晚，藍家峒為了歡迎良辰美景，全峒又適逢跳月，所以狂歡達旦。

紅綾和眾猿猴，也夾在人叢中，玩得瘋瘋癲癲，可是都沒有和良辰美景多接近。白素在午夜之後，看到紅綾在一個火堆之旁，坐了下來，火光映着她的臉，在火苗閃動時，令得額上細小的汗珠，看起來更晶瑩。

白素走過去，用毛巾替紅綾抹着汗，紅綾在那一剎間，表現得很柔順。

白素想了一想，才問：「你說會冒火的人，那是什麼意思？我不明白。」

紅綾連想也不想，就道：「就是人會冒火，像這個火堆中的木頭會着火一樣。」

白素又道：「是冒一會兒，還是冒很久？」

紅綾瞪大了眼，卻答不上來。白素又問：「那人冒了火之後，是死了，還是活着？那人是否隨時都會冒火出來？」

白素的思想方法何等縝密，和紅綾截然不同，她從「人會生火」這一個奇異的現象上，分析出許多現象來。

可是紅綾全然沒有想到過這些，她皺起了眉，大聲道：「會有火就是會有火，我哪知道那麼多？」

白素已經有點生氣，但還是耐着性子，道：「當然有不同。人身上一冒火，就會被燒死，但也有忽然冒了一下火，又可以不死的——」

白素就把倮倮人奉為精神領袖的烈火女的事，和烈火女三年一度新舊交替的事，說給紅綾聽。紅綾對這一類稀奇古怪的事十分有興趣，聽得津津有味，聽完之後，她發表意見：「做烈火女，太可憐了。」

白素於是再問：「你說的會冒火的人，是什麼樣的一種情形？」

紅綾形容不出，只有一個回答：「就是會冒火。」

白素用激將法：「你根本沒見過這樣的人。」

紅綾直跳了起來，落地之後才大聲道：「我見過！」

白素追問：「好，在哪裏？什麼時候？」

看紅綾的神情，真的努力想回答白素的這個問題，她臉脹得通紅，可是她答不上來。

當時，要是我在場，一定早已制止白素問下去了。可惜我不在。

而良辰美景大約在十分鐘前也來到了火堆邊，聽白素講烈火女的故事。這時，見紅綾想得痛苦，她們便道：「紅綾想不起來了，讓她慢慢想。」

紅綾大叫：「慢慢想，也想不起。」

第七部

外星人的謎團

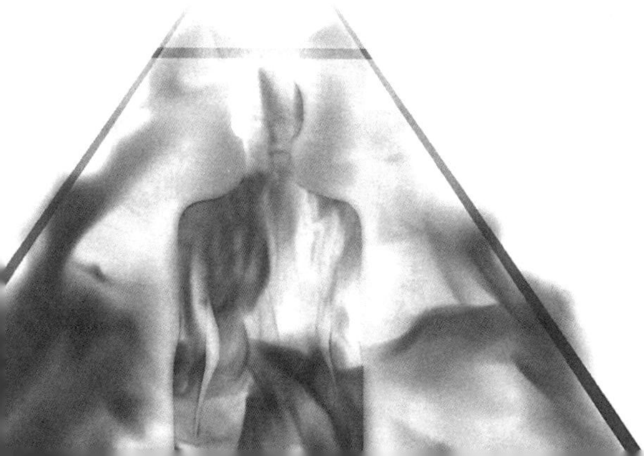

紅綾說着，雙手交抱在胸前，神情倔強。

我聽得良辰美景說到這裏，長嘆了一聲，知道當時的情形，實是一觸即發，希望白素能及時刹車，別再火上加油才好。

可是白素對於日間所發生的事，耿耿於懷，她冷冷地道：「根本沒有會發火的人！」

紅綾緊抿着嘴，突然轉過身去，背對火堆，良辰美景留意到她有受了大委屈的神情，向白素連連擺手，白素這才沒有再說什麼。

我吸了一口氣：「紅綾確然見過那種人，那種外星人身子會冒火，可是當時她實在太小了，可能只有一歲左右，所以她見過的情形，無法形成一個完整的記憶，只是一個印象。所以她知道有那麼一回事，可是又說不上來。」

良辰美景不出聲，我又道：「白素應該也想到這一點的，不該逼她說——沒有人可以說得出。」

良辰美景仍然不說話，我駭然：「白素還在逼她？」

良辰美景道：「不，白姐姐轉了話題，要紅綾把那兩隻老猴子叫來。」

紅綾聽了白素的話，轉過了身來，睜大了眼，望定了白素，火堆的火光，映在她的臉上，她畢竟是野人出身，所以並不是善於不配合面部表情和心中所想，而是心中在想什麼，全都顯示在臉上。

這時，她的臉上，就充滿了不信任和懷疑。

紅綾的這種神情，令得白素感到傷心，多於感到生氣。任何母親，如果在女兒的臉上看到了這樣的神情，都會十分傷心的。

白素嘆了一聲：「你在懷疑什麼？快把兩頭靈猴叫來，我有話要問牠們。」

紅綾揚了揚眉，口唇掀動，想說什麼而沒有說出來，大概她想說的是：「你又不會說牠們的話，怎麼能問牠們什麼？」白素也立時明白了她的意思，就伸手向她指了一指，也沒有說話，可是意思也很明白：「你來傳話。」

從這種情形來看，她們母女兩人，還是可以心靈相通的，只是各行其事，難以合一而已。

紅綾不再堅持，站了起來，發出了一下短而急促的嘯聲——良辰美景說：「那時，那兩頭老猴子不知在什麼地方，紅綾的叫聲也不是太響亮，可是老猴子就聽見了，真有點不可思議。」

我道：「動物有他們自己的通訊方法，蛾類發出的音頻，可以傳到三公里外給同類感應到。青蛙的『嘓嘓』聲，也可以傳出老遠，那是動物天生的本領，猿猴之間，必然也有這種本領。紅綾會，她發出的聲音，音頻可能不在人耳所能聽到的範圍之中。」

良辰美景聽了我的話，互望了一眼，欲語又止。我看出她們有話想說，就向她們做了一個手勢，她們才垂下了眼：「生物有很多本能，確然非人所能及，但是人有智慧，會發明許多東西，人可以在地球的兩端互通信息，生物就不能。」

我一聽到她們這樣說，不禁啞然失笑——原來兩個小傢伙誤會了，誤會我是在偏袒紅綾，說靈猴比人還要能幹。我一面笑着，一面道：「當然，人是萬物之靈，這句話，基本上還是說得通的。」

良辰美景這才不好意思地笑了笑，像是在為她們的態度道歉。

當時紅綾一發聲之後，各人都不出聲，只有火舌的呼呼聲，和柴枝的爆裂聲。

過了兩分鐘左右，才聽到有同樣的聲音傳來，緊接着，兩股銀影，箭一樣射到，在紅綾的身邊停住，正是那兩頭銀猿到了。

紅綾立時望向白素，白素沉聲道：「我試着直接向牠們說，你替我傳話。」白素在那樣說的時候，向銀猿招了招手，兩頭銀猿向白素走近。紅綾實在是不放心，也跟着走近來。

白素發出了她第一個問題：「請問，是不是有人替你們的頭做過手術？」白素在那樣説的時候，伸手指着自己的頭，又在自己的頭拍打着。

兩頭銀猿也仿效着白素的動作，猿眼骨碌碌地轉動，顯然不懂白素的話，白素望向紅綾，紅綾道：「你的話，我也聽不懂，『做過手術』？什麼叫『做過手術』？」

白素「啊」地一聲，知道自己用的語言太深奧了，她改口道：「我問的是，是不是有人用刀，或是用什麼工具，把牠們的頭打開來過。」

紅綾這次聽懂了，她雙眼睜得極大，反問：「可以這樣的嗎？」

白素道：「你別管，照傳就是。」

紅綾遲疑了一下，用手勢和一些聲音，把白素的話傳了過去。

兩頭銀猿發出了一連串的怪聲，連翻了幾個筋斗。

紅綾道：「牠們說沒有，而且覺得這個問題十分可笑，牠們吃蛇腦的時候，才打開蛇頭來吃的。」紅綾這時，對白素問題的反感，已表現得很明顯了，良辰美景都悄悄地拉了拉白素的衣袖。

白素卻不理會，又向銀猿招手：「過來，讓我看看你們的頭頂。」說這句話的時候，白素也做了手勢，兩頭銀猿居然聽懂了，牠們非但不前來，而且，還十分警惕地緩緩後退。

紅綾也立時提出了抗議：「牠們不肯！」

白素一字一頓：「好，紅綾，你去仔細看牠們的頭頂，總可以吧。」

紅綾立時大聲道：「我也不能摸牠們的頭。」

白素疾聲：「沒叫你摸，叫你仔細看。」

紅綾哼了一聲，招手令銀猿過去，她就盯着牠們的頭頂看。白素問：

「看到了沒有？」

紅綾的回答，雖然負氣，但聽了也令人發笑：「看到了，兩個頭。」

白素嘆了一聲：「牠們的頭上有疤痕，只有頭皮被割開過，才會有這種疤痕留下來。」

紅綾倒也不是完全不講道理，至少，她聽了之後，呆了一呆，就向銀猿傳過了白素的這句話。

銀猿的反應和上次一樣，又在原地翻了好幾個筋斗，和發出了一連串聲音。紅綾轉過頭來，向白素搖了搖頭。

白素望着火堆出了一會神，這次，她問紅綾：「牠們是從那個有一間屋子的山頂來的？」

紅綾點頭，白素又道：「問牠們是不是曾和一個和我長得很像的……女人在一起生活過？」白素在問出這句話來的時候，連聲音都變了。

因為她在問的是她的母親的事——陳大小姐當年抱走了我們的小人兒之後，肯定曾在那山頂居住過。她忽然不知去向，紅綾由於太年幼，什麼記憶也沒有，白素於是想在銀猿的口中問出個究竟來。

別說當時白素緊張，連我在聽良辰美景轉述時，也不由自主，感到緊張。

紅綾的感覺十分靈敏，她也看出了這個問題的重要性非同小可，所以十分認真地傳話，而且，和銀猿互相比手勢，交談了相當久，期間，指向白素的次數，不下十次之多，可見她是反複地在問牠們。

白素看到紅綾這樣認真，也十分高興。

可是結果很令白素失望，紅綾道：「牠們說，牠們曾和人在一起，可是不知道這人是不是像你。牠們認人和人不一樣，牠們只記住……人的氣味……不記住人的模樣。」

紅綾在說到「氣味」的時候，用力掀着鼻子，說到「模樣」時，又在自己的臉上摸着，樣子可愛。

白素還想問什麼，紅綾已經搶着道：「牠們也說了，你的氣味，牠們以前沒聞到過！」

白素不禁苦笑，她一出生，就被她的母親留在烈火女所住的山洞之中，母女兩人之間，就算有氣味相同之處，也必然淡之又淡，無法辨認了。

白素吸了一口氣：「那些曾和牠們在一起的人，是不是都會……發火？」

白素說到這裏，向火堆指了一指。

這個問題簡單，答案也很肯定：「是，都會發火，一共有——」

紅綾說到這裏，向銀猿望了一眼，才道：「一共有三個……神仙。」

紅綾堅持會發火的是神仙，不是人，那自然是十二天官給他的先入之見。

白素閉上眼一會，在苗疆發生的往事之中，宇宙飛船和會飛的人，擔任了相當重要的角色——當時出現的也是兩個人，所以一出現，就救了墮崖的大滿老九和鐵頭娘子兩個人。

如今，銀猿說有「三個」，那多出來的一個，應該就是陳大小姐——白素的母親。

所以白素又問：「那三個……是不是兩男一女？」

這次的回答也來得很快：「牠們不知道什麼是男，什麼是女。」

白素皺了皺眉，她總不能說自己的母親是「雌」的或是「母」的。所以她的問題改為：「是不是有兩個會發火，一個不會發火？」

紅綾傳了話過去，這一次，連白素也看懂了，銀猿是在說：「不，三個都會發火。」

假設外星人會發火，陳大小姐不會，那麼，這現象就夠令人迷惑了。假設三個人，兩個是外星人，一個是陳大小姐，本來很合理，但三個人都會冒火，那似乎已推翻了這個假設。

白素當時，向良辰美景望去，良辰美景也十分迷惑，説不出所以然來。

我聽到這裏，搖了搖頭：「還是兩個外星人，一個是陳大小姐，外星人不但自身會冒火，也會令別人、令地球人的身體冒火。」

良辰美景不是很信服我的判斷，望着我不出聲。我補充：「所謂會發火、冒火，都是紅綾轉述銀猿的話，可能只是身上發光，或有些看來像火一樣的光芒，使靈猴以為那是火。」

對於這一點，良辰美景大表同意，她們又問：「那麼倮倮人的烈火女呢？」

我正想這一點：「我相信烈火女和外星人也有關係，這一類外星人，一直在苗疆活動，烈火女的現象，也是他們造成的。」

說到這裏，我沒有再說下去，因為外星人為什麼要形成烈火女現象？為什麼要向銀猿施腦科手術？為什麼忽然要陳大小姐一起不見？我一無所知，也無從假設。

良辰美景也沒有問，只是在我手勢的催促下，繼續說在藍家峒發生的事。

白素也沒有什麼可以問的了，她盯着兩頭銀猿看，心中起了一個念頭：這兩頭銀猿，必然曾被施過手術，她要把牠們帶到有先進設備處，作詳細的檢查。

當白素起了這個念頭之時，她自己也感到吃驚和十分難達到目的。

試想，良辰美景只不過是為了想摸一摸靈猴的頭，表示親熱好意，就引起了軒然大波，等於已經翻了臉。而如果把銀猿送去檢驗，大有可能，會把牠們的天靈蓋再度揭開來進行觀察，紅綾怎麼肯答應？

紅綾再聰慧，由於她沒有現代知識，決不可能接受這種事。而要等她可以接受，就算照白素訂下的教育進度，也要紅綾肯配合，那至少也是三年五載之後的事了。

當然，以白素的能力而論，要令得兩頭銀猿神不知鬼不覺地接受麻醉，然後再把牠們悄悄弄走，也是輕而易舉之事。可是這一來，她和紅綾之間的關係，當然更惡劣，她簡直不敢想像會有什麼樣的後果。

當白素在這樣想的時候，她自然有些陰晴不定的神情顯露——除非是大奸大惡、險詐之極的人，不然，心中在想什麼，面上總會有點透露，何況紅綾和銀猿都有超靈敏的感覺？所以，紅綾突然摟住了銀猿，望着白素，神情戒備之極。

白素想了沒有多久，就決定照我的辦法行事——我的辦法是，行事必然光明正大，公開進行。就算對方只是一個小孩子，也必然當他是成年人一樣，明打明地和他商量。白素用我的行事方法進行，本來很不錯，但是她犯了一個錯誤。

當時，她用十分誠摯的語調説道：「這兩頭銀猿，一定曾被……神仙在頭部留下了什麼，那留下的東西，可能對牠們有害，可能對……我們很重要，我要把牠們帶到醫院去，好好檢查。」

紅綾雙眼圓睜：「怎樣檢查？」

白素想了一想：「當然先照X光——那是一種設備，一照就可以看到骨頭，或許，會把牠的頭部再揭開來，看個究竟。」

白素這時所謂「在牠們腦中留下了的東西」云云，只不過是想說服紅綾而講的，絕沒有什麼具體的概念，而以後事情的發展，居然大是相類，那是她在事前完全想不到的。

紅綾大搖其頭：「不必了，牠們好好的，沒有什麼必要去照……那什麼光，更不能把牠們的頭打破。」

良辰美景聽紅綾說得有趣，她們本就愛笑，就忍不住笑了起來：「不是把牠們的頭打破，是用外科手術把頭骨揭開，沒有危險的。」

紅綾一聽，更是大為不滿：「你們喜歡怎麼弄你們自己的頭，只管去弄。」

白素這時，漸漸焦躁起來，她感到這兩頭銀猿的關係十分重大——在那山頂，外星人、陳大小姐和銀猿，曾一起生活過。多發掘一分銀猿的秘密，就等於多明白一分陳大小姐過去行為的秘密。

所以她皺着眉：「你看她們多有知識，你就什麼也不懂。聽媽的話——」

她的話還沒有講完，紅綾已大叫了起來。

我聽得良辰美景說到這裏，也不禁長嘆一聲，閉上了眼睛。

白素犯了一個錯誤，這個錯誤，一般來說，只有很無知的人才會犯。白素聰明絕頂，應該知道不能這樣說的——為人父母者，千萬要注意的是，不能當着自己兒女和外人的面，說人家的兒女如何如何好，自己的兒女如何如何不是，這是最傷自己兒女自尊心的行為。

白素豈有不明白這道理之理？實在是她精神上的壓力太重了，所以才會脫口這樣說，紅綾一叫，她就知道自己不對了。

她想立時改正，可是已經遲了。紅綾一面叫，一面直跳了起來，身在半空，就指着良辰美景，神情十分古怪，也不知她是怒是喜，可是確然有着笑容。她身在半空，向後翻了出去。

那兩頭銀猿和紅綾之間的動作，配合之佳，不亞於良辰美景，也同時向後翻了出去。紅綾在翻出去的時候，不但指良辰美景，也指白素，一下子就翻出了十來公尺。白素自知自己要追，萬萬追不上，所以她急叫：「良辰美景。」她叫的意思，再明白沒有，是要藉良辰美景的絕頂輕功，先把紅綾攔住了再說。

良辰美景的反應，算是快到了極處，一掠而起，向前直撲了出去。可是兩條紅影甫起，兩道銀影，就對着她們，激射迎了過來。只見那兩頭銀猿，在月色之下，張牙舞爪，竟迎面直撲了過來，攻向良辰美景。牠們的來勢雖快，可是看得十分清楚，牠們的指上，有着銀光閃閃的利爪，長達兩三公分。

良辰美景一見這個情形，她們赤手空拳，自然不敢硬拚，立時一個扭身，打橫竄了開去，兩頭銀猿也立時再度後翻，倏來倏去，快疾無倫。

等到白素趕到良辰美景身邊時，紅綾和兩頭銀猿，早已看不見了。

白素沉聲問：「紅綾臨走時，所做的手勢，算是什麼意思？她為什麼要笑？」

良辰美景苦笑，一時也答不上來。

關於這個問題，後來溫寶裕的意見，最是中肯。

溫寶裕說：「孩子聽自己的父母這樣說，必然起反感，第一個反應就是：『你既然說別的孩子好，那你就把別的孩子當兒女好了。』——紅綾先後指了她們，就是這個意思。」

我道：「說得有理，可是她為什麼要笑呢？」

溫寶裕道：「這就比較複雜，普通的孩子這樣想，只不過是想一下而已，事實上，他的父母也不能把別的孩子當兒女，就算能，自己也不能割斷和父母的關係。所以接下來的神情，必然是生氣，不可能笑。」

我點頭，鼓勵他說下去，因為我同意他的意見。

溫寶裕大是高興：「可是紅綾不同，什麼叫父母，什麼叫兒女，只怕她在很長一個時期內，都並不明白。她感到自己做女兒的蜜月好奇期已過，母親愈來愈多要她做她不願做的事，成為她的一副重擔，而她是想隨時放棄女兒這個身分的，只是想不出辦法而已。忽然有良辰美景做她的替死鬼，她如何不高興？所以才忍不住現出歡容來。」

我同意溫寶裕的說法，後來轉述了給白素聽，白素真有怒意：「這小鬼，竟然用了『替死鬼』這樣的說法，太可惡了。」

嚇得我連忙替溫寶裕打圓場：「當然那只是順口說的，不是說你真的會逼死——」

說到這裏，我感到很尷尬，發現自己正在愈描愈黑。所以也只好住口不言了。

當晚，在火堆之旁，白素默然不語，良辰美景也無話可說。過了好一會，她們才道：「都是我們不好，明天一早我們就離開吧。」

白素搖頭：「不能太遷就她，她不能一輩子當野人。」。

良辰美景更不敢說什麼。其時，三人都想，第二天就會沒事了。可是第二天，紅綾和那兩頭銀猿並沒有出現。其他和紅綾玩成一團的猿猴，也蹤影不見。

一整天不見紅綾，白素已急得團團亂轉，當天色黑下來時，她駕了直升機出去，不斷地在低空兜圈子，可是到天亮回來，她一言不發，顯然沒有結果。

良辰美景只見她匆匆吃了點東西，就去找十二天官，良辰美景跟在她的身後。

白素和十二天官，說的是「布努」苗語，良辰美景能說德、法、英語，可是不通苗語，所以聽不懂他們在說什麼，只知道白素在問，十二天官在答，討論的問題很是嚴重，因為人人愈來愈是神色緊張。

良辰美景以為白素和十二天官商量完了，一定會把談話的內容告訴她們。

可是大出她們的意料之外，白素沒有說，她們忍不住問，白素的回答竟然是：「沒有什麼，我只是問了他們一些問題。」

白素的這種回答，簡直令良辰美景傷心欲絕——直到她們向我講起的時候，兀自眼淚汪汪。可是當時，觀察精細如此的白素，居然未曾覺察，說了這樣的一句話之後，逕自走了開去。

我聽到這裏，也不禁大是訝異。因為若不是白素心亂如麻，根本對眼前的一切，視而不見，便斷然不會有這樣的情形出現。

固然，表面看來，紅綾不見了，白素的心很亂。但我知道不是如此，因為紅綾自小在苗疆長大，又有銀猿為伴，不會有什麼危險；那情形，和少女在大城市離家出走，大不相同。離開了藍家峒，對紅綾來說，和回家一樣，白素縱使關心則亂，也不會那樣子。

一定另有事情，令白素失常。

第八部

白素發現了發火人

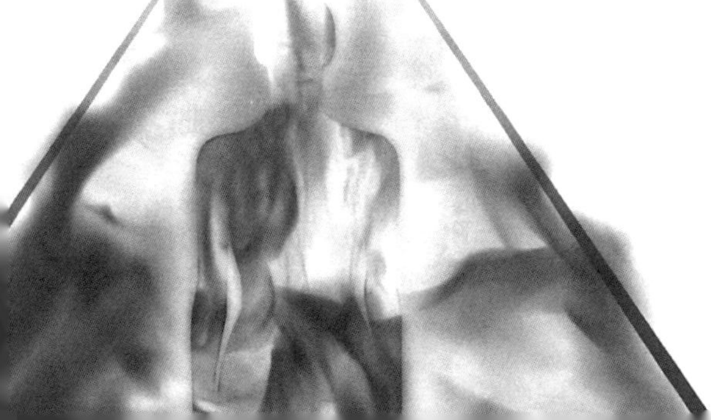

良辰美景事後也想到了這些，但當時她們想不到。她們自然的反應是：白素生她們的氣了，因為她們令紅綾出走，所以白素生氣了。

她們甚至想不告而別——如果不是身處萬山千巒之中，她們已經這樣做了。而且，白素離開之後，竟沒有理會她們。兩人生了一上午悶氣，到了中午時分，才見到白素和十二天官發生了激烈的爭吵。

十二天官一面吵着，一面指着停在草地上的直升機，白素卻一個勁兒搖頭。

良辰美景趕了過去，白素見到了她們，向她們一揮手道：「我去找人，你們在這裏等我。」

良辰美景這才估計到十二天官和白素爭執，是十二天官主張她利用直升機，而白素卻不願。良辰美景也不知道白素為什麼不願意用直升機，說到這裏，她們望向我。

我也不明白，只好猜測：「她是想向紅綾展示她有能力憑自己的本事把她找回來？」

良辰美景惘然：「也許。」

我發急：「先別討論，她徒步去了？」

良辰美景咬着下唇，點頭：「看來十二天官拗不過她，有一個把一柄很鋒利的苗刀給了白姐姐，她收了，可知她去獨闖，會有危險。」

我早已想到了這一點，心中更是着急。

可是，我突然又想起了一些什麼，我作了一個手勢，示意良辰美景不要打擾我的思索——我想到的事，還十分模糊，所以要靜下來想一想。

我想到的是：白素離開藍家峒，並不是為了去尋找紅綾，而是另有目的。

令我百思不得其解的是：白素是為了什麼棄直升機而不用，要徒步去進行？

我向良辰美景看了一眼，又和藍絲聯絡，把我的想法，大聲說了出來，良辰美景和藍絲立即有了回答：「不會吧。不是為了找紅綾，她去找什麼了？」

我道：「這正是我要找你們商量的原因。事情一定十分嚴重，不然她不會這樣做——」

說到這裏，我陡然提高聲音叫：「紅綾，你來，我們一起討論。」

良辰美景說紅綾可能就藏身在附近，我相信她們的判斷，也相信紅綾一直在聽我們談話。只要她和白素有微妙的天性聯繫，我深信雖然她和白素之間有意見不合之處，但仍然一定關心白素。

所以，我才出其不意地大喝一聲，要她現身出來，那會使她措手不及，應聲而出——她絕不是什麼奸猾之徒，只是一個想按照她自己喜愛的方式生活的半野人。

我陡然一喝，良辰美景先是愕然，隨即也明白了我的意思，互望一眼。而我在一喝之後，立時四面打量着，想看看紅綾究竟用什麼方法現身。

就在這時，只聽得就在離得極近處，傳來了「哈哈」一下笑聲，這笑聲聽來再熟悉沒有，卻不是紅綾是誰？我定眼循聲看去，不禁又是好氣，又是好笑。

紅綾躲着的地方，離我和良辰美景，不足五公尺。

老實說，當我們料定她就在附近的時候，我們一面說話，一面已不住在打量着周圍，想用眼光把她找出來。我的觀察力可說很是銳利，但若不是她自動現身，只怕和她只相隔五公分，也一樣找不出她來。

原來她竟然懂得「偽裝」——那是生物保護自己的本能，在大樹上，有許多藤蔓，繞着樹幹、樹枝，她就利用藤蔓來掩護自己，找了一大把藤，把她從頭到腳包了起來，然後，斜斜地站在大樹的主幹上。

那樣，她看起來，就是樹幹上斜生出來的一根樹枝，我肯定我的眼睛，曾不止一次掃過那「樹枝」，卻絕未想到過那是一個人的偽裝。

這時，紅綾自樹幹上落下，向前走來，一面扯脫身上的藤蔓——她氣力很大，那些藤，都有手指粗細，卻被她隨扯隨斷，落了一地。

我向她望去，接觸到她的眼睛，在閃閃生光、滿是調皮得意之情，我想，若是天下要選頑童冠軍，那一定非她莫屬。

對付頑童，有對付頑童的法子，原則之一是讚她多於責她。何況她在一喝之下，就肯現身，可知她的本性還是很好的。所以，我先鼓起掌來，表示說她藏身巧妙，人所難察。

良辰美景也跟着鼓掌——一來，她們明白了我的意思，二來，她們對紅綾上等巧妙地偽裝，也着實佩服。

在一陣掌聲之中，紅綾滿面都是歡容，一下子跳到了我的身前，伸手勾住了我的頸，表示親熱。

我在她寬厚的背部，拍打了兩下：「剛才我們說的話，你全聽到了？」

紅綾點着頭，望向我：「若是有人要摸你的頭，我也一樣會生氣。」

她念念不忘的，還是良辰美景摸了銀猿的頭。這又使我心中一動——銀猿自身，絕不會立下一個規矩，說是自己的頭不能被人摸。

那麼，這規矩又是誰定下的？何以紅綾會知道這個規矩？

我隱隱感到，事情可能和銀猿頭頂上有動過手術的痕迹有關，可是一時之間，也不得要領。

紅綾在一本正經，把我這個父親視同如銀猿同一地位來愛護的時候，我不會受寵若驚，但是也絕不會生氣。因為我明白這種事發生在紅綾的身上，是頂頂自然的事。

紅綾對我說了之後，又向良辰美景望去，良辰美景的反應極快，是立刻向她狠狠地作了一個鬼臉。

紅綾先是一怔，但是立刻，她也回了一個鬼臉。

良辰美景再做，紅綾也不甘後人，於是你鬼臉來，她鬼臉去，到後來，單靠面部肌肉的活動，已經不足夠，於是又出動雙手。

這時，通訊儀中傳來了藍絲的聲音：「發生了什麼事？怎麼忽然沒有聲音了？」

我笑道：「她們正在互扮鬼臉，良辰美景雖然是兩個人，可是吃虧在扮起鬼臉來也一模一樣，而且她們多少有點顧忌，不像紅綾，肆無忌憚。」

我竟然做了鬼臉比賽的評述員，再加上她們三人的樣子，實在有趣，所以我忍不住哈哈大笑起來。

我一笑，她們各人也忍不住了，先是各管各笑，接着是良辰美景，笑成了一團，紅綾大叫一聲，撲了上去，三個人笑成了一堆。

多了笑聲，自然也少了嫌隙，藍絲的笑聲也傳了下來：「我要是也能參加，那有多好。」

我知道藍絲在降頭術上已大有成就，但是她畢竟也是少女，自有她醉心嬉戲的一面。

良辰美景和紅綾還在笑着，我喝道：「三個鬼丫頭，快來和我一起商量正事。」

三個人這才算分了開來，紅綾笑嘻嘻，一邊一個，拉着良辰美景的手，到了我的身旁，我也不說要她們「以後要做好朋友」這類廢話——能成為好朋友，不說也能。不能成為好朋友，說也不能。成年人很多時候，在少年人面前大說廢話，那是最令少年人反感的事。

我先望向紅綾：「你娘親只帶了一柄苗刀，在她不熟悉的環境之中，隨時會有危險。」

紅綾低下了頭，過了一會，她才道：「你們剛才說了，她不是為了找我。」

我嘆了一聲：「是，我認為她第一次，駕直升機離開，是為了找你，一定是她在那次飛行中有所發現，所以才會再次徒步出發。」

良辰美景問：「她發現了什麼呢？」

我道：「我們在這裏討論也沒有用，她曾和十二天官討論、爭吵過，在十二天官那裏，一定可以問出名目來。」

藍絲的聲音傳來：「對，我正想那麼說。」

良辰美景也叫：「回藍家峒去！」

我問紅綾：「你那兩個銀猿朋友呢？」

紅綾翻着眼：「牠們……不會喜歡被人把頭打開來，我讓牠們回去了。」

我試探着問：「那個山頂？」

紅綾點了點頭，我沒有再問什麼，只是向上指了一指，良辰美景的輕功雖然好，但是紅綾的爬樹本領，是自小跟靈猴學的，所以三個人一起到了樹頂，我反倒落後了一步。

藍絲已駕着杜令的直升機下來，縋下了吊索，把我們都吊了上去，留下了借來的直升機在山頂，直飛藍家峒。

在途中，我問紅綾：「靈猴的頭除了會冒火的神仙之外，誰也不能摸，這規矩是誰傳下來的？」

紅綾惘然：「不知道……怕是神仙傳下來的吧？」

我追問：「神仙是什麼時候告訴你的？」

紅綾的神情更惘然，過了一會，她居然嘆了一聲：「我不知道，你……你們問我的那些，我都不知道。」

我也嘆了一聲：「那全是發生在你很小很小時候的事，你太小，只有印象想不起事情的過程來了——你想不想對自己小時候的事情，知道得多一點？」

紅綾不但立時點頭，而且現出十分殷切的神情。

於是，我就從她出生之後說起——那是一個極長，而且複雜之極的故事，再加上有許多事，她根本無法明白，還要詳細解釋。

所以，究竟是什麼時候，才把整件事向她說明白的，我也記不清了，總之一有機會就說，也說了至少有半年之久。在直升機飛赴藍家峒途中，我只是向她說了一個開始而已。

後來，我發現向紅綾說和她有關的故事，她十分有興趣聽，而在說故事的過程之中，她吸收的知識之多，遠在白素替她編排的課程之上。

直升機在藍家峒下降，十二天官圍了上來，我第一句話就問：「白素回來了？」

十二天官愁容滿面地搖頭。我直接地問：「她到哪裏去了？」

這時，紅綾、良辰美景和藍絲也全部離了機艙，十二天官見到了紅綾，很是高興，並沒有責備的神色，這更使我肯定，白素的離去，並不是去找紅綾的。

十二天官道：「她上次……駕機去找紅綾，說是發現了會……發火的人，要去找他們。」

這句話，令得所有的人都意外之極，一時之間，誰也不出聲，卻不約而同向紅綾望去。紅綾也吃了一驚：「神仙？」

十二天官的神情更是凝重：「身上有火冒出來的，那是神仙，我們苗人，從祖宗傳下來，都是那麼說的。神仙不能接近……倮倮人更說，神仙不單自己的身子會冒火，還能叫人的身體也噴火……燒死……他們的烈火女，就是那麼來的。倮倮人不信有神仙，所以神仙才在他們之中，立一個烈火女，三年一度，叫他們信有神仙……」

十二天官十二個人，說話你一言，我一語，但幸而他們自小在一起，又有生死相共的信念，所以雖然亂一些，倒也還能聽得明白。

我聽到這裏，思緒紊亂之極，只感到許多許多亂七八糟的事，又湊到一起來了。而每逢有這樣的情形出現，必然有十分驚人、意料不到的事發生。

我先拋開了所有疑問（太多了），問了一個最主要的：「她為什麼要徒步去？」

十二天官苦笑：「她說那地方……直升機下不去，地形太險了。」

我不禁倒抽了一口涼氣，地形太險峻，這等於說白素危險程度又增加了。

我明知道事情已糟糕到了這種程度，埋怨也沒有用，可是我還是埋怨：「你們明知她對苗疆的地形不熟悉，就算不能勸阻她，也不該讓她一個人去涉險。」

十二天官一聽得我這樣說，都現出委屈的神情，那小老頭道：「我們怎阻得住她？也提出了我們陪他去，可是給她拒絕了，她說事情有點很特……很特別之處，我們去了只有壞事，她也說，若是我們跟了去，就和我們翻臉，再也不踏入藍家峒一步。我們曾和她有過劇烈的爭吵，這兩個小姑娘也看到的。」

良辰美景聽到這裏，點了點頭：「是，白姐姐的態度堅決之至。」

我嘆了一聲：「你們明知拗不過她，她一走，也該有人悄悄跟在她的後面才好。」我在這樣說的時候，感到我這樣說十分有理。可是十二天官一聽，卻現出了十分驚訝莫名的神情，望定了我。我苦笑，立刻知道自己做了一件笨事——苗人性子直，從來說一是一，說二是二，沒有這種悄悄跟蹤、鬼頭鬼腦的事，何況他們十二天官，行動一致，十二個人跟蹤白素，焉有不被白素發覺之理？

我揮了揮手：「算我沒說過——那險峻的地方，怎麼去？她說了沒有？」

我在這樣問的時候，本就沒有寄以多大的希望，所以十二天官一起搖頭時，我也沒有進一步失望，只是道：「方向呢？她是從哪一個方向去的？」十二天官也是大眼望小眼，答不上來，十二天官雖然各有一身超群的武功，可是頭腦簡單，生活質樸，卻是和別的苗人無疑的。

藍絲在這時道：「她第一次駕機出去，是去找紅綾的，那不會離藍家峒太遠。她既然可以在飛行途中有新發現，我們繞着藍家峒打轉，也一樣可以發現她所發現的。」藍絲的辦法，聽來是笨辦法，卻實在是在茫無頭緒之中，唯一可行的辦法。

我自十二天官之一的手中，接過一竹筒酒來，大口喝了兩口，一揮手：「走。藍絲，你對附近的地形熟，和我一起去。」

紅綾叫：「我也去，良辰美景也去。」她竟然說在良辰美景之前，令兩人十分高興。我想了一想，知道眼前這四個女孩子，別看她們年輕，可是各有各的能耐，在蠻荒探險，都是極好的幫手。所以我點頭道：「好，這就走。」

我和藍絲，是在清晨時分見到了良辰美景的，在林子中聽她們叙述經過，紅綾現身，又來到了藍家峒，直升機飛行快速，也就是正午時分，烈日當空。苗疆可能由於拔天而起的山峰多，氣象方面也比較古怪，日頭附近常有日暈，有時，日暈一層又一層，色彩鮮明。

這時就是那邊，太陽的旁邊，像是有環形的彩虹圍着，十分美麗。

我吸了一口氣，已經向直升機走去，十二天官的神情，十分沮喪，個個低頭不語，我想安慰他們幾句，可是自己也心亂如麻，不知怎樣開口才好。

正在此際，忽然聽到一陣刺耳的嗚嗚聲，傳了過來。十二天官和藍絲一聽到，面色立即劇變，變得緊張警惕之至，個個凝立不動。

而在我眼睛範圍之內，所有看得到的藍家峒人，也個個凝立不動。

那「嗚嗚」聲維持了十來秒，竟是人人不動。這種情形，一望而知，是有重大的變故發生了。

我向藍絲望去，藍絲沉聲道：「有陌生人來了。」藍家峒和別的苗峒一樣，不是很歡迎陌生人前來的。尤其是藍家峒，由於收留了老十二天官的緣故，更是小心敏感。這時，竹子製成的號角聲略停之後，又響了起來，十二天官和藍絲的面色更難看，我也不禁緊張：「來的是什麼人？軍隊？」

藍絲作了一個手勢，竹號聲起伏不已，那顯然是一種「語言」，我卻不懂。紅綾看到人人不動，很是不耐煩。我抓住了她的手，示意她不要亂動。

藍絲壓低了聲音：「有三個蠱苗，求見峒主。」十二天官在這時，竟然不由自主，發出了一下呻吟聲，可知他們心中，何等恐懼。

這時，又看到身形又高又瘦的峒主，正在幾個人的擁簇下，向我們走了過來。

我本來還不知發生了什麼大事，也着實緊張。知道了只不過是三個蠱苗來造訪，自然大大鬆了一口氣。

藍家峒中所有人，連十二天官和藍絲也緊張，自然有理由，因為蠱術神出鬼沒，防不勝防，如果是敵非友，那是天大的麻煩，雖然藍絲的降頭術，也出神入化，但雙方爭鬥起來，總不是好事。

峒主很快來到近前，神情極其惶急。我本來還想先問明白他們何以這樣緊張，再說自己和蠱苗之間的關係，可是看到他們這等情狀，我就道：「不必怕，我和蠱苗有交情，他們的族長猛哥，是我的好朋友。」

此言一出，十二天官用難以置信的目光望定了我，藍絲必然曾在溫寶裕處聽到過我的那一段經歷，所以立時歡呼起來，峒主立時大聲歡呼，在他身邊的一個人，取出竹號來吹，聲音嘹亮。一時之間，剛才彷彿是僵硬了的整個苗峒，又活了過來，由此可知，這蠱苗的神通，是如何令人震撼。

後來我問了藍絲，藍絲道：「沒有人敢得罪他們，他們來了，就算沒有敵意，也會有點要求，有些要求十分難做到，又不能不答應。所有苗寨，一聽到蠱苗來訪，都很害怕，都願意敬鬼神而遠之。」

我道：「你精通降頭術，也正是蠱術的範圍，也會怕他們？」

藍絲道：「我自然不怕，可是全峒那麼多人，防不勝防，也是麻煩。」

當我和藍絲討論到這件事的時候，已經發生了許多意想不到的事了。

當時，眼前的苗人吹着竹號，傳播喜訊，峒口處的竹號聲也傳來，藍絲道：「他們來得好快。」她望向我，「我們遲一會出發，先由你出面接待了他們再說。」

我心中再不願為此耽擱時間，但在這樣的情形下，也無法拒絕藍絲的要求，所以點了點頭。當下我仍然握着紅綾的手，峒主、藍絲在前，十二天官在後，一起向峒口走去。

苗峒大多數都有一個十分險要的入口，有的還隱蔽之極，那是為了不輕易被人發現，打亂了平靜的生活。藍家峒若不是自天而降的話，就要通過一道很狹窄的峽谷，才能到達。在這峽谷之中，只要有少數人守衛，千軍萬馬，也衝不進去。

我們一行人到了峽谷口，有一道水流很急的溪水橫過，這時，已看到三個人，正涉水過溪來。在水花四濺之中，看出這三個人，都穿着藍底白花的印花布所製的衣服，那正是蠱苗最喜歡的衣料。

那三個人的身手，都十分敏捷，他們在寬闊的溪澗上竄來跳去，落腳之處，都踏在溪中的石塊上。凡是溪中有石塊處，水流也格外急，看起來，就像他們到哪裏都濺起老高的水花一樣，很具氣勢。

不一會，三個人已過了溪，一人在前，兩人在後，向前大踏步走來。在相隔還有六七十公尺之際，我已認出，走在最前面的一個，不是別人，正是蠱苗的族長猛哥。

我和猛哥已有好多年沒見了，他自然變了很多，可是精悍依舊。我心中暗暗驚異，不知是什麼事，要猛哥親自出馬？

這時，在猛哥身後的兩個人，已各舉起了一支竹竿，竹竿上綁着幾條顏色燦爛的絲帶，峒主一看，就失聲道：「是他們的族長。」

我這才知道，那是猛哥表示身分的標誌。剎那間，和猛哥相識的過程，一起湧上了心頭，光陰如箭，竟過去了那麼多年。

第九部

說來話長　一言難盡

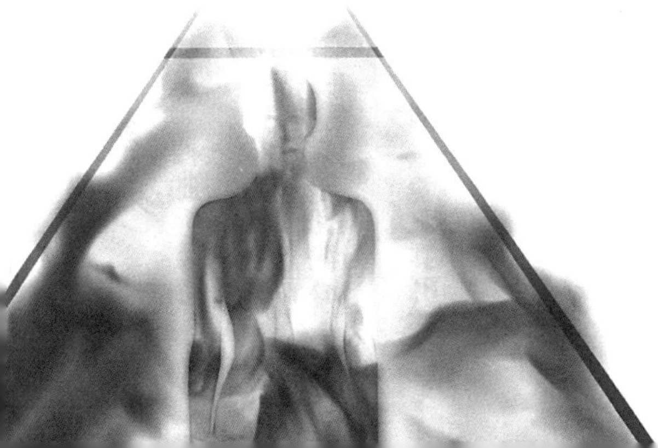

我十分激動，大聲叫着：「猛哥！」

一面叫，一面我就向前奔了出去——後來，我才知道我的行動十分不合規矩，猛哥打出了他族長身分的旗號，就該由峒主隆重迎接。

我奔出去的時候，藍絲拉了我一把，卻沒有拉得住。當然，後來誰也沒有見怪，因為猛哥一認出了是我，那是意外之喜，誰還去理會規矩是怎樣的？

我叫着向前奔去，來的三個人都呆了一呆，接着，猛哥也大叫了一聲：「衛斯理！」

他也向我奔了過來，我們飛快地擁在一起，互相拍打着對方的背，然後，分開來，互相仔細看着對方，再擁抱。好幾次，都各自激動之至，才吁了一口氣。

猛哥的漢語，說得流利之極：「真是神了，衛斯理，你怎麼會在這裏？我不是在做夢吧！」

我笑道：「說來話長。」

猛哥一沉臉：「你到苗疆來，也不來看老朋友。」

我搖頭：「這裏離你們那邊，少說也有三百里，沒事，來打擾你幹什麼？」

峒主和十二天官圍了上來，這時他們才真的相信我認識蠱苗的族長，而且關係非同小可，可以完全不照規矩來行事。他們的神情，自然也佩服之至。

我替猛哥引見峒主和十二天官，十二天官的來歷，很是隱晦，我也不知他們是不是喜歡人家提起他們的來歷，所以只說他們是峒中十分重要的人物，從十二天官的神情看來，對我的介紹，相當滿意。

接着，我向藍絲招手：「小藍絲，你過來，你在外國學降頭，非好好向猛哥叔叔請教不可。」

我這兩句話雖然簡單，但是已把藍絲的姓名、身分，全都介紹了出來。藍絲笑容滿面，來到了近前，向猛哥行了一個禮：「所有降頭師，都知道猛哥叔叔的大名，而且衷心佩服。」

猛哥一面打量藍絲，一面回答：「降頭大師太客氣了，我們相傳的蠱術，遠不及降頭術的博大精深——」

猛哥打量藍絲，當真是由頭到腳地打量，以他的身分年紀，也不必對藍絲太客氣，所以他一面說，眼光自上而下地移動。

當他的視線，落到藍絲的大腿上的時候，他陡然住了口，在那一剎間，現出了古怪之極的神情來。雖然那種古怪神情，一閃即逝，可是卻沒有逃過我的眼睛——我相信也沒有逃過藍絲的眼睛。

由於猛哥那種古怪的神情來得如此突然，使我相信，他是看到了藍絲大腿上的刺青的緣故。

猛哥雖然立刻把他的話接了下去，可是我卻沒有聽進去，因為那時我正在想：「猛哥看到了藍絲大腿上的刺青，為什麼會那麼驚訝？是不是他知道什麼內情？」

藍絲大腿上的刺青，一邊是一條蜈蚣，一邊是一隻蠍子，襯着她白生生的腿，看來雖然十分怪異，但是猛哥的吃驚，當然和溫寶裕第一次見到藍絲時的吃驚不一樣。

蜈蚣和蠍子，全是蠱術的主要內容，猛哥身為蠱族的族長，若是見了牠們會吃驚，那是無論如何說不過去的。

十二天官在河上發現藍絲的時候，也曾因為她腿上的刺青，說她是蠱神的女兒。那麼，藍絲和猛哥之間，是不是有些關係？

猛哥的突然出現，已經是意外之極的事，他一見到了藍絲之後，反應如此奇特，更使我的心中，充滿了凝問，以致令得腦中發出「轟轟」的聲響來，沒有聽到猛哥接下來所說的客套話，只是看到藍絲在剎那間，也現出了古怪之極的神情，顯然她心中也有許多話要問。

我向藍絲使了一個眼色，示意她我所覺察到的和她一樣，請她稍安毋躁，一定會在猛哥口中，問個水落石出，但現在不是發問的時候。藍絲接受了我的眼色，她俏臉煞白——因為猛哥奇怪的反應，可能和她的身世有關，那是她一直在耿耿於懷的事，自然難免緊張之極。她臉發白，一雙烏溜溜的眼珠，看來也就格外漆黑。

我再向猛哥引見良辰美景，猛哥大是奇訝。良辰美景人見人愛，猛哥向她們伸出雙手來，她們連想也不想，就各自伸出手來，和猛哥相握。

猛哥握住了她們的手，用力連搖了三下，大聲道：「太有趣了。」

等到猛哥鬆開手之後，仍然在嘖嘖稱奇。我心知猛哥不會無緣無故和她們握手，必然是在握手之際，替她們下了什麼對她們大是有利的蠱，令她們得到了大大的好處。

可是問良辰美景有什麼感覺，她們卻也說不出來，問猛哥，猛哥只是笑而不答，默認了之後，卻不說出詳細的內容來。只說：「她們明知我是蠱族的族長，向她們伸出手去，她們半分猶豫都沒有，就和我握手，這份勇氣就很驚人了。」

我不禁哈哈大笑：「這也值得稱讚？有我在一旁，你會把她們怎麼樣？」

猛哥堅持：「她們連想都沒有想，那就不容易。」

我沒有和他再爭下去。

卻說當時，我最後招手，令紅綾走過來，對猛哥道：「你再也想不到，這是我女兒，自小被人帶到了苗疆，是由一群靈猴養大的。」

猛哥聽了我的話之後，一開始的反應，在我的意料之中，現出難以相信的神情，接着，他問：「靈猴？就是在高山絕頂生活的那種？聽說是神仙蓄養的？」

猛哥的這一句話，令得紅綾大是高興，連連點頭。

猛哥向我望來，顯然是想知道進一步的情形，我不禁長嘆一聲！發生在紅綾身上的事，何等複雜，怎能一下子說得明白。我嘆了一聲之後，搖着頭：「一言難盡，但總會說給你聽——你遲來一步，也見不到我，我有極緊急的事，趕着去辦。」

猛哥一伸手，拉住了我：「我的事也很緊急，你可得幫我。」

猛哥在這樣說的時候，神情很是焦切，而且，又不由自主，向藍絲望了一眼，藍絲的反應是表面上裝着若無其事，可是分明震動了一下。

我心中的疑惑更甚，猛哥身為蠱苗的族長，在幅員千里的苗疆之中，可以說是任他馳騁縱橫的，他會有什麼困難的事？

我把這個問題提了出來，他竟然也一聲長嘆：「說來話長。」

剛才我說「一言難盡」，他這時說「說來話長」，看起來，我們兩人難兄難弟，竟像是約定了的一樣。

峒主直到這時，才插上了一句話：「請進峒喝酒。」

猛哥點了點頭，仍然拉着我的手不放：「我在找一個人，找了很久很久了。你要幫我。」

我很想聽聽令猛哥為難的是什麼事，也想知道他要找的是什麼人，更肯定他和藍絲之間，必定有點關係，這一切，我都想弄清楚。可是這時，我最心急要做的事，就是去找白素。所以我道：「好，可是我也要找人，事情更急，你和我一起去。」

看來，猛哥只要能和我在一起，別的都沒問題，所以他連連點頭。

我於是有了新的部署：「藍絲對附近的地形熟，和我一起走。良辰美景和紅綾留在藍家峒，意見不合，盡可以吵架打架，可是不准說走就走，要等我回來。」

我以為我的分配很具權威，卻不料良辰美景首先叫了起來：「不行，我們本來就只說來幾天的，還要趕回去上課。要是你像白姐姐那樣，一去……好幾天，我們怎麼辦？你要帶我們走。」

我雙手一攤：「沒有交通工具，你們怎麼走？」

良辰美景顯然是早就想好了的：「你帶我們到那山頭去，那裏不是有一架直升機嗎？我們就駕那架直升機離開，也耽誤不了找人。」

我一想，她們的話有道理，就點了點頭。那時，我看到紅綾嘟起了嘴，一臉不情不願，我指着她：「你又有什麼話要說？」

紅綾道：「我也要去。」

我沉聲道：「你去幹什麼？」

紅綾說了一句我再也想不到的話，卻令我絕對無法再拒絕她，不讓她去。

紅綾說的是：「我要去找我的媽媽。」

剎那之間，我鼻子有點發酸，天下決沒有不讓女兒去找媽媽的道理。而且，白素若是看到了她，一定會十分高興。所以，我又點了點頭。

在我又點了頭之後，我才發現我的「新部署」一點用處也沒有，這些小女孩，都各有自己的想法，絕不容人越俎代庖。

當下，我們一起向峒內走去，我告訴猛哥，我們要去找白素。當猛哥看到停在空地上的直升機時，並沒有什麼奇怪——他近年來常離開苗疆，見識和一般苗人不同。猛哥帶來的兩個隨從，無法擠得上直升機，只好留在峒中，峒主和十二天官自會殷勤招待。

擠進了直升機，猛哥在我的身邊，四個少女擠成一團。藍絲顯然心事重重，一言不發，良辰美景也很沉默，紅綾一向不會主動和別人說話——對她來說，語言其實還不是她的生活內容。所以，在飛到那個山頂的途中，只有我一個人在說話，說的是我何以要去尋找白素的來龍去脈，那是說給猛哥聽的。

我盡量用最簡單的話來敘述，把一些枝節，都略了過去，猛哥聽得十分用心。

我還沒有講完，就到了那山頂，直升機還在。放下了良辰美景，看她們駕機離去，又跟了她們一會，估計沒有問題了，猛哥反倒關心：「我們怎麼開始找？一點頭緒也沒有，唉，再沒有比什麼頭緒也沒有，卻要找一個人更麻煩的事情了。」

猛哥曾說過，他在找一個人，已找了很久，要我幫助，可知那找人的事，給了他不少困擾，所以這時，才有感而發。我順口問了一句：「你要找的是什麼人？」

猛哥苦笑：「一個男人。」

他略停了一停：「我只知道自己要找的，是一個男人，那也是我估計的，應該當然是一個男人；可是這男人是長是短，是圓是扁，是老是少，我一概不知。」

猛哥的話，聽得叫人糊塗之極，我知道其中必然有一個十分曲折的故事在，就再問他：「你找這個男人，找了多久了？」

猛哥苦笑：「超過十年了。」

他這個回答，倒令我着實吃了一驚，我吃驚的理由，並不是他找了那麼久還找不到——莽莽蒼蒼的苗疆之中，毫無頭緒地找一個人，只怕一百年也未必找得到。

令我吃驚的是猛哥的毅力——找了十年都沒有找到，可是還在繼續找。由此可知，他要找的這個人，關係重大之至。

心中的疑問再多，也不如當務之急重要，所以我決定暫時不問，只是駕着機繞着藍家峒飛，藍絲全神貫注，用望遠鏡向下搜尋。

猛哥見我沒有再問下去，他也不出聲，過了一會，才道：「這些年來，我每年有一大半時間，在苗疆周遊列國，到的地方可真不少，也曾和倮倮人打過交道，聽說過烈火女的事。」

我吸了一口氣：「已經好久沒有烈火女了。」

猛哥皺着眉：「可是，不但是上了年紀的，連年輕的倮倮人，都相信烈火女是神仙指定的，會給他們帶來好運氣——去年，我就在一個很隱秘的山谷，看到倮倮人把許多十五歲的少女，集中在一起，希望在她們之中，有一個會忽然身上冒出火來，可是沒能成功——沒有神仙施法，人身上哪能無端冒火？」

我聽得心中一動，我曾假設所謂「冒火的神仙」是外星人，那麼，烈火女的交替轉換儀式，根本就是外星人所安排的了。

如今這種現象不再出現，唯一的解釋，就是外星人已經離去了。而外星人的來去，使用的交通工具，就是那種扁圓形的宇宙飛船。

白素告訴十二天官，說她發現了會冒火的人，是不是她又發現了外星人的行蹤呢？

如果是，那就難怪她涉險也要弄個明白——這外星人，和陳大小姐的下落有關，而陳大小姐是她的母親。猛哥對苗疆的事所知極多，我要他再多說些有關烈火女的事，猛哥的話，當然是出乎我的意料之外至於極點。

他道：「我和倮倮人沒有什麼來往，倮倮人相信他們自己的烈火神——多半就是會冒火的神仙，也就不像其他苗人那樣熱中於蠱術，我對烈火女所知有限，只知道……知道……是聽我父親說的——」

猛哥說到這裏，略頓了一頓，才說出了我再也意想不到的話來：「我知道有一雙漢人男女，曾在烈火女的山洞中住過一個時期，好像還生了孩子——」

我一聽到上半句，整個人已經直跳了起來，頭撞在直升機的艙頂上，發出了老大的巨響。

這時，在機艙中除了我和猛哥之外，還有藍絲和紅綾。事情和紅綾有更大的關係，但是她由於生長環境的緣故，對自己的身世，並不十分重視。倒是藍絲，是知道了所有經過的。

所以，在我大吃一驚之際，藍絲也不由自主，發出了「啊」地一聲來。

猛哥大是詫異：「怎麼了？我說錯了什麼？」

我喘着氣：「不。不。你沒有說錯什麼，只是我感到太意外了。」

當時，事情突如其來，所以我才感到意外，後來靜下來想一想，也就知道，那是必然的事。陽光土司當年在苗疆威名赫赫，猛哥是苗人，聽他父親說起過陽光土司，也不是什麼奇事。

當時，我大口喘了幾口氣之後，就反問：「那漢人叫陽光土司？」

猛哥「啊」地一聲：「你也聽說過？這人姓白，是一個大大的好漢。」

我伸手按住了他的手背，剛想告訴他，我和陽光土司的關係，他又嘆了一聲：「唉，再也想不到，這個人會累得我在苗疆奔波了那麼多年。」

猛哥的這一句話，當真聽得我如同丈二和尚，摸不着頭腦。

猛哥口中的「這個人」，自然是指陽光土司，也就是白老大而言。白老大帶着一雙子女離開苗疆的時候，猛哥就算和我同年，那年他也不過三歲。

而白老大自那次離開苗疆之後，好像再也沒有來過，那麼，又何以能累得猛哥在苗疆奔波超過十年呢？

猛哥應該是連白老大都沒有見過的，真不知道他這樣說，是什麼意思。

猛哥在我的神情上，看出了事情大有意料之外的地方，他盯着我，再問：「有什麼不對？」

我吸了一口氣，示意藍絲過來駕直升機，又教紅綾怎樣使用望遠鏡，告訴她一有發現，就應該怎麼做。紅綾很高興她有事可做。

我鑽到了艙後，示意猛哥來到我的身邊，我道：「有些事，太湊巧了，一定要弄清楚。」

猛哥看出事情嚴重，所以速速點頭。

我先道：「猛哥，你說的那個陽光土司，姓白的，是一條好漢，那是我的岳父。他的女兒，就是紅綾的母親，白素，也就是我們正在尋找的人。」我已經說得夠明白了，猛哥聽了，張大了口，神情如在夢幻之中。

我又道：「他帶着兒女離開苗疆很久了，怎麼會累你在苗疆奔波了那麼多年？」

猛哥又呆了半晌，才感嘆了一句：「世界真是小，真的，世界真小。」

我催他：「先別感嘆，快說究竟。」

我這時實在心急無比，因為我以為在《探險》和《繼續探險》之後，白老大的角色，應該已經淡出了，怎麼還會有他的份兒？

猛哥又嘆了一聲：「事實上，不能說是他累了我，可是事情和他有關。」

我吸了一口氣，等他作進一步的解說。

他伸手在臉上抹了一下——這時我才注意到他的五隻指甲，竟然呈現五種不同的顏色。

他道：「這姓白的好漢——」

我打斷了他的話頭：「江湖上都尊稱他『白老大』。」

猛哥點了點頭：「白老大早年，曾到過苗疆，想尋找傳說中的苗疆寶藏。」

有這件事？我並未聽說過。可能是由於後來，在苗疆發生的事，實在令他太傷心，所以他一併不願提了，而所謂傳說中的「苗疆藏寶」，那和傳說中的所羅門王寶藏一樣，都是虛無縹緲的事，不必深究。

我有興趣知道的是：「這是哪一年的事？」

猛哥連想也不想：「是我出生那一年。」

他望向我：「我和你同年，當年在蘇州，我們曾經說起過。」

（我和猛哥相識是在蘇州——是的，就是「上有天堂，下有蘇杭」的那個蘇州，想不到吧，那是許多年之前的事，記述在《蠱惑》這個故事之中。）

我迅速地想着，原來在白素出生的三年之前，白老大已經進過苗疆，那應該是他大鬧哥老會總壇之前兩年的事，可知他對苗疆十分熟悉。一想到這裏，我又陡然想起一件事來。白老大有一隻翠綠色的甲蟲，說是蠱苗的東西，他把那綠色的甲蟲送給了陳大小姐，陳大小姐又託人把牠帶到了成都，給她妹妹當五歲的生日禮物。

我曾見過那隻甲蟲——陳二小姐帶着牠來看我們，請求我到苗疆來幫她找陳大小姐。由於當時，我們怎麼也無法想到陳二小姐和白素之間的關係，所以就沒有答應，陳二小姐和那位姓何的壯士，不告而別，後來也就沒有了他們的音信。

那隻不知名，也不知有什麼用途的翠綠色甲蟲，白老大一定是得自蠱苗的了。

一想到這裏，我就道：「白老大有一隻綠色的甲蟲，好像是你們那裏來的？」

猛哥先是震動了一下，然後伸手入懷，取出了一隻白銅盒子來，打開給我看。盒子中就有一隻翠綠色的甲蟲在，和陳二小姐曾展示給我看的那隻一樣。

我點頭道：「對，就是這一種。」

藍絲正在駕機，轉過頭來看了一下，卻失聲道：「啊，這是……這是『一願神蟲』？」

我曾問過藍絲，那種翠綠色的蟲代表什麼，她的回答說是不知道，因為各種各樣的昆蟲，應用在降頭術和蠱術中太多了。這時，她第一眼就認了出來，叫什麼「一願神蟲」，那一定表示這種蟲大有來歷。我知道藍絲是這方面的行家，她自己就曾送過「引路神蟲」給溫寶裕。

猛哥揚了揚眉，讚上一句：「好眼光。」

藍絲望了我一眼，欲語又止。猛哥道：「不是『就是這一種』，而是『就是這一隻』。」

第十部

陳二小姐

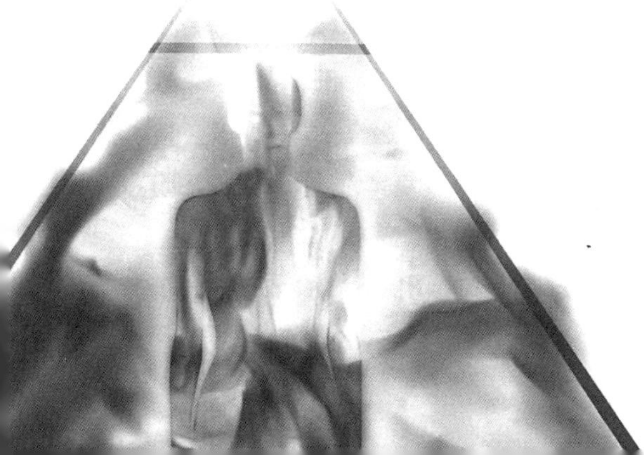

我一時之間，不明白他那樣說是什麼意思，怔了一怔，藍絲已在一旁道：「這種一願神蟲，極其罕見，猛哥叔叔的意思是：『只有這一隻，來來去去，就是這一隻。』」

我立時向猛哥望去，猛哥沒有糾正藍絲的話，可知藍絲所說是實情。我腦際「轟」地一聲響，一時之間，紛至沓來的念頭，令得我有天旋地轉之感。

就是這一隻。

就是這一隻——白老大給了陳大小姐，陳大小姐給了她妹妹，陳二小姐帶入苗疆，現在又在猛哥之手。

那說明了什麼呢？說明陳二小姐進了苗疆之後，曾見過猛哥。

可是，這蟲既然如此罕見，陳二小姐又如何肯把牠給了猛哥？

陳二小姐（韓夫人）進入苗疆之後的行藏，我們一無所知，是不是可以藉此揭開？她是白素的阿姨。當年我們拒絕幫助她，所以一直耿耿於懷，自然十分迫切想知道她的消息下落。

我指着那蟲：「據我所知，這蟲，最後落在一個少婦的手中，那少婦是……」

要解釋陳二小姐和我之間的關係，又複雜無比，所以我說到這裏，略頓了一頓。

猛哥疾聲問：「你認識那女人？」

見猛哥問得如此急，我點了點頭，猛哥的反應很怪，他向藍絲盯了一眼——那不是隨便地望一眼，而是極有用意地盯了一眼。

那時，藍絲正在駕直升機，我和猛哥在她的背後。照說，藍絲的背後沒有生眼睛，絕不可能知道猛哥有這個特殊動作的。

可是，我確是看到了藍絲的背部，聳動了一下——那還是一種努力克制之後的震動。由此可知藍絲的感覺，一定極其敏銳，在那一剎間，她一定感覺到了一些事。

然而，她震動了一下之後，就再也沒有異樣，甚至沒有轉回頭來。

我心中知道，其間必有極大的蹊蹺在，可是又不知如何問起。

看紅綾時，她只是全神貫注地在看望遠鏡，對我們的説話，聽而不聞，全無興趣。

再向猛哥望去，他已然收回了那種異樣的眼光，這時，輪到我的目光異樣了，而且，我那種疑惑之至的神情，誰都看得出來。

猛哥自然也體察到了，所以我也立刻明白了他接下來的一些動作，是什麼意思，他的口角，動作的幅度極小，向着藍絲，呶了一下，接着，又向我使了一個眼色。

他是在説：「等藍絲不在眼前的時候，再告訴你。」這令我摸不着頭腦了，照説，藍絲和猛哥之間，是八輩子也扯不上關係的，何以猛哥在藍家峒外一見藍絲就神情大異，而此時又説話如此吞吐，神情這樣曖昧？

難道在藍絲和猛哥之間，又有什麼牽連？

正在這時，藍絲並不轉過頭來，可是忽然道：「怎麼都不説話了？」

紅綾「啊」地一聲：「為什麼要説話？」

她渾然天成，根本不知道在機艙中發生了什麼事。我首先笑了起來，剛才的那種異樣的氣氛也就暫時消失。猛哥問道：「告訴我那個……少婦的事。」

我想了一想：「她是紅綾的阿姨……」

我把和陳二小姐（韓夫人）會面的事，簡略他說了一遍，最後我道：「我告訴她，只要一入苗疆，不論見到什麼苗人，只要一取出這隻蟲來，就一定會有人幫助她——她找上門來了？」

猛哥卻並沒有回答我的問題，反問道：「你是說，她是和一個男人一起上路的？」

我揚了揚眉：「是，那男人是她亡夫的手下，叫何先達，會武術，是一個江湖人物。」

猛哥的眉心打着結，看來，他又像是要忍不住有什麼神情顯露，而又不想被人覺察，所以，他雙手按住了臉，足有好幾分鐘，這才說話。由於他雙手按着臉，所以他發出的聲音，聽來就有點怪，他道：「那……陳二小姐沒有找上門來，卻在臨死之前，叫我撞見了。」

一聽到「臨死之前」這四個字，我不禁「啊」地一聲，叫了出來，一時之間，天旋地轉，並沒有留意其他人的反應如何。

我只是見過陳二小姐一次，她年輕貌美，又早已喪夫，誰都會同情她。我對她的死訊這樣震動的原因，是我想到，要是白素知道了這個不幸的消息，一定會極其傷心。為了紅綾的事，她情緒已經極差，再受到這樣的打擊，事情就可能相當嚴重。

要是在別人的口中，說出了「臨死之前」這四個字，還可以懷疑，而猛哥絕不會說謊；而且，如果陳二小姐在遇到猛哥的時候可以救得活，猛哥一定會出手。以他對蠱術出神入化的造詣，只怕沒有救不活的病。

那麼，陳二小姐又是怎麼死的呢？

我心中本已全是疑問，這時，疑問又膨脹了一倍。我大大深呼吸了幾下，視線落在直升機下，綿延起伏的山巒，和在山巒間繚繞的雲霧，心想在這一片神秘的大地上，不知有多少不可測的事發生過、正發生和將會發生。我覺得自己的發聲器官又恢復了功能之後，才問：「當時的情形怎麼樣？」

猛哥道：「那一次，我才從昆明回來，經過——」他才說到這裏，紅綾的叫聲陡然打斷了他的話頭，紅綾一手高舉，一面叫：「我看到一些東西了。」

我雖然急於想知道陳二小姐的情形，但紅綾說有了發現，也不能不理——出來找白素，畢竟是我們身在直升機上的原因。

我忙道：「教過你怎麼做的，你忘記了？」

紅綾大聲叫：「沒有忘。」

她雙眼離開了望遠鏡，雙手在面前幾個按鈕上按動着，一個熒光屏上，立時現出了原始森林的畫面——那是望遠鏡中可以看到的畫面。

下面的森林十分茂密，而且那是一個四面被山峰包圍的山谷，直升機難以降落。

藍絲已經盡量把直升機飛行的高度減低，但是離地面還有兩百公尺左右。

透過濃密的樹葉，我們什麼也看不到。紅綾解釋着：「我看到有人在追逐，真是看到的。」

我剛想安慰她沒有人會懷疑她，她已叫了起來：「看。」

她指着熒光屏，老實說，要不是紅綾如此肯定，誰也發現不了下面有人在追逐。

只見在濃密的樹葉之中，先是有一個人影，閃了一閃，立時不見，連是人是猴都看不清楚。緊接着，又有一個人在樹葉的空隙中現身出來。那個人，也在急速地前進中，可是他卻雙手向上一舉，跳了一下，接着，又被樹葉遮住，看不見了。

我和紅綾一起叫了起來。我叫的是「白素」，紅綾叫的是「媽媽」。

若不是有紅綾的那一下叫喚，我還不能肯定那是不是白素。所以我立時向紅綾望去，她神情肯定，用力點了一下頭，表示她不會弄錯。

下面森林中的情形，十分容易推斷：白素正在追逐一個人，這個人一定很重要，白素非捉到他不可，所以白素看到了直升機，知道必然是來找她的，她也只能匆匆打一個招呼，而不能停下來。

一時之間，連在駕直升機的藍絲，都轉過頭向我望來，他們都在問我：「怎麼辦？」

我則望向猛哥，徵求他的意見，因為若論對苗疆的熟悉，自然以他為最，連藍絲也遠不及他。

猛哥連想也沒有想，就道：「下去。」紅綾立刻叫：「我也去。」

（她性喜湊熱鬧，在語言之中，把「我也去」「我也要」的「我也」運用得極好。）

我自然也是非下去不可，藍絲沒有說什麼，只是把直升機再降低，由於氣流的影響，直升機晃動不已，我站起身來，艙底的一個門打開，鋼索縋下去，我首先出了艙，紅綾跟着來。

在這時候，猛哥也快出艙來了，我彷彿聽到，藍絲大聲說了一句什麼，猛哥抬頭，向上看了一看。

但由於機聲軋軋，風聲呼呼，我並沒有聽到藍絲說的是什麼，只見紅綾也抬頭向上看了一下。

我到了鋼索的盡頭，雙手鬆開，向下落去，離樹頂還有十來公尺，紅綾跟着落下。

我雙足踏中了一根樹枝，那樹枝「啪」地一聲，竟然斷折，我身子一歪，就要跌倒，就在這時，紅綾趕到，一伸手，扶住了我。

剎那之間，我只覺得一股暖流，流遍全身——行走江湖，冒險生活那麼多年，第一次嘗到了被自己女兒扶了一把的滋味。

我雙手抓住了她的手臂，兩人互望了一眼，紅綾顯然十分明白我的感受，她想説什麼而沒有説。

這時，猛哥也下來了，我們三人向上略揮手，就飛快地向下落去。

估計我們從看到白素到落下來，花了超過十分鐘。而以白素和那人的追逐速度來看，他們早已奔得老遠了。所以我立刻和藍絲聯絡。

怪的是，我叫了幾次，藍絲才有回答，我道：「請你在空中留意，一有發現就通知我們。」

藍絲答應着，我們可以聽到直升機在上面盤旋的聲音，三個人向着白素追出的方向，奔了出去。

三個人奔出幾百公尺之後，紅綾就越過了我和猛哥，奔在最前面。我靈機一動，大聲道：「紅綾，叫媽。」

紅綾立時大聲叫了起來：「媽。媽。」

她這一吼叫，當真不失女野人的本色，林中的小動物，紛紛亂竄，連四面峭壁，都隱隱起了回音。

我想，白素追的人雖然重要，但是更重要的是先和她會合再說，所以才叫紅綾大叫——我知道，白素一聽到了女兒的叫喚聲，必然會趕來和我們相會的。

林中樹木緊密，可以落腳之處也是高低不平，紅綾卻像是知道白素的去向一樣，在林子中左穿右插，一面叫，一面飛快地向前奔着。

不一會，就在紅綾的叫聲中，聽到了另一股聲音，叫的是「紅綾，紅綾。」兩股聲音，迅速地自遠而近，跟在後面的我和猛哥，也看到了白素，正迎面奔向紅綾，母女兩人，迅即自遠而近，緊緊擁抱在一起。

儘管她們兩人在意見相左的時候，各不相讓，但這時看她們這樣緊緊相擁的情形，卻絕不會有人懷疑她們是血連血肉連肉的母女，這情景，也十分叫人感動。

紅綾一面緊擁着白素，一面道：「媽媽，我來找你，我找你來了。」

白素沒有出聲——當然是由於心情激動得出不了聲。

後來，白素對我說：「我正在追趕那個人，知道這個人關係極其重大，非追到他不可，也知道這次若是叫他走脫了，再追他就很難，所以看到了直升機，我也只是揮了揮手。可是一聽到紅綾叫我……唉……」

她略頓了一頓才繼續：「原來真有類似『呼魂大法』的法術——一聽到她的叫聲，我就自然而然停止了追趕，轉過身，迎聲飛奔，什麼也顧不得了。」

我笑：「在正常的情形之下，所有的兒女對父母的呼叫，都應該是『呼魂大法』。你和紅綾相擁的情形，動人之極。」

白素現出極滿足的笑容。

卻說當時，我和猛哥到了近前，白素和紅綾才分了開來，我指着猛哥，只說了他的名字，白素便立即知道了他是什麼人了。

我知道雙方都不知道對方的經歷，要說，得花不少時間，所以我道：「先不說我如何會和猛哥相遇——猛哥有些經歷，和你有關，先不說這些。你發現了什麼？」

白素聽說猛哥的一些經歷，和她有關，不禁驚訝之至。

但是白素沉得住氣，同樣的情形，若是換了我，不立刻說給我聽，我會憋死。白素卻點頭，先一揮手，示意我們跟着她。

她和紅綾手拉手向前走，我和猛哥跟在後面，她一面走一面道：「上次，我駕直升機出來找紅綾，在這一帶附近，發現了一個人，那人的身上……會冒火……」

白素在這樣說的時候，語氣有點遲疑。我忙道：「你在半空之中看得清楚？有可能是一個人，站在一堆篝火之旁，看起來就有點像。」

我就曾在到藍家峒途中，發現了一堆篝火，也看到一個一閃即逝的怪人，不知道為了什麼傷心事，隱居在一個山洞之中。

白素想了一想，語氣肯定得多：「是那人身上冒火，一下子有，一下子沒有，我想起了紅綾的話。嗯，我不認為那是神仙，我認為，那是外星人，在許多謎團之中，起着重要作用的外星人。」

猛哥皺着眉，他不是很聽得懂我們的談話，因為所有一連串發生的事，實在太複雜了——後來我詳詳細細地告訴了猛哥，猛哥在聽了之後，好半晌說不出話來，只說了一句：「真是稀奇古怪，到了極點。」

當時，紅綾問了一句：「什麼是外星人？」

我和白素，竟然異口同聲地回答：「就是神仙。」

在「外星人」和「神仙」之間，劃上等號，敘述起來，就可以方便得多了。

白素繼續說道：「我駕機追逐了一會，那人時隱時現，有時身上冒出一大團火，有時又連煙也沒有一絲。我心知追不上他，就先回藍家峒去。」

我失聲道：「你把這情形對十二天官說了，他們認為你不應該去冒犯神仙？」

白素道：「是，他們很害怕，可是我怎能不去？何況，我也要找紅綾。」

紅綾現出慚愧的神態來，把頭靠在白素的肩頭上，她身量其實比白素還高，又粗壯得多。可是這麼一靠，她的濃眉大眼，看來也就嫵媚嬌柔得很。

白素伸手在她的臉上輕拍了兩下：「我離開了藍家峒，認定了方向，倒也順利，一直找到那片山崖，在那山崖之中，發現了一個山洞——」

白素說到這裏，略停了一停，向前一指，循她所指看去，已可以看到一片拔地而起的山崖。白素向猛哥望了一眼：「苗人可有集體葬在山洞之中的習俗？」

猛哥苦笑：「苗疆之中，有上千種苗人，各自有不同的習俗，我也弄不清那麼多。」

我忙問：「怎麼？那山洞中，有許多骸骨麼？」

白素點頭：「詳細的情形，我也不形容了，反正立刻就到。我進了那山洞，正在詫異，忽然覺出另外有人正進洞來，回頭一看，就看到了一團火，而在火光之中，分明有一個人。」

紅綾也聽得入神，叫道：「會冒火的人。我早就說過，有會冒火的人。」

白素繼續說着：「我一回頭，我想那人也看到了我，他轉身就逃，等我追出去的時候，他身上已沒有了火，只是奔得飛快。我當然不肯放過他，就追了出去——」

說到這裏，一行人已到了山崖之前，在白素的帶領下，向上攀去。

在向上攀的時候，我也知道何以白素會發現那個山洞的原因了。在那山崖，離地大約十來公尺處，有一株大樹，斜斜地伸出來，在那大樹之上，竟然搭了一間竹木相雜的屋子——和當日紅綾在大樹上搭成的住所相仿。

紅綾看到了，也不禁發出了「咦」地一聲，去勢加快，一下子就竄進了那屋子之中。

就在那屋子（那株樹）之旁，有一個山洞。

我向白素望了一眼，白素點了點頭，表示我想得對，她是先發現了那「屋子」，再發現那山洞的。

紅綾趕在前面，進了「屋子」之後，又探出頭來叫：「什麼也沒有。」她說着，又竄了出來。這時，白素也到了，就和紅綾一起進了山洞，我和猛哥，都聽得紅綾才一進去，就發出了「啊」地一聲驚呼。

我和猛哥快步搶進去，白素正着亮了強力的電筒，光芒所到之處，可以看到有三四十具骸骨，相當完整，可是全是焦黑色的。那些骸骨，整齊地平躺着，看來都很細小，像是少女的骨骸。而那種焦黑色，顯示她們全是燒死的。

猛哥一看到這種情形，立時就問了一句：「什麼火能把人燒成這樣子？」

他這個問題，問得十分好，苗人中也有火葬的習俗，猛哥自然看過火焚後的屍體，我一看到那些骸骨，也有同樣的疑問。

如果把一具屍體火化，結果一定是燒成一團焦炭，骸骨不可能保持完整，有一部分骸骨完整，已經很不錯了，更多的情形之下，是燒成了骨灰。

如今，那三四十具骸骨，連手指骨都是完整的，如果她們的身體曾經過火焚，那麼，猛哥的問題，就問出了關鍵的所在。

我吸了一口氣：「那是溫度極高的火，在極短的時間內，把人體的柔軟部分，都化成灰燼，但是骨骼部分，卻完整地保留了下來。」

我說了之後，和白素互望了一眼，又一起叫了起來：「烈火女。」

那些骸骨，看來都屬於少女所有，而烈火女在十五歲當選，十八歲就要被火燒死，那麼，這些骸骨，是不是就是經過火焚的烈火女？

又不知這裏離烈火女交接儀式的山頭有多遠？何以舊的烈火女被燒死之後，骸骨會被完整地運到這裏來安放？那有什麼作用？

白素望向我：「我想的和你一樣，那是歷代烈火女的遺骸。」

就算肯定了這一點，接下來的問題，也實在太多了。白素比我早發現這個山洞，所以她可以思考的時間也比我多，她已有了一些想法。

她道：「那個人……那間在樹上的屋子，是那人居住的，那人可能是偶然發現了這些骸骨。也有可能，他一直負有看守這個山洞的責任。不論如何，那個人和烈火女，有十分重大的聯繫。」

我吸了一口氣：「你準備怎麼辦？」

白素道：「我準備在這裏等他出現。」

我想了一會，對着通訊儀叫：「藍絲，你聽到我們所有的對話嗎？」

藍絲立刻有了回答：「聽到。我可以在附近找一個山頭停下來等你們。」

藍絲十分聰明，知道如果白素要在這裏等的話，我和紅綾一定會陪她，猛哥也不會走，所以她才提出了這個辦法來。

她在說了之後，又補充了一句：「可是我要一直能夠參加對話。」

我道：「那當然，你等於一直和我們在一起。」

藍絲忽然嘆了一聲，這時，我也看到猛哥有難以形容的異樣神色。

這已不是第一次了。

第十一部

一家人都和苗疆的事有關

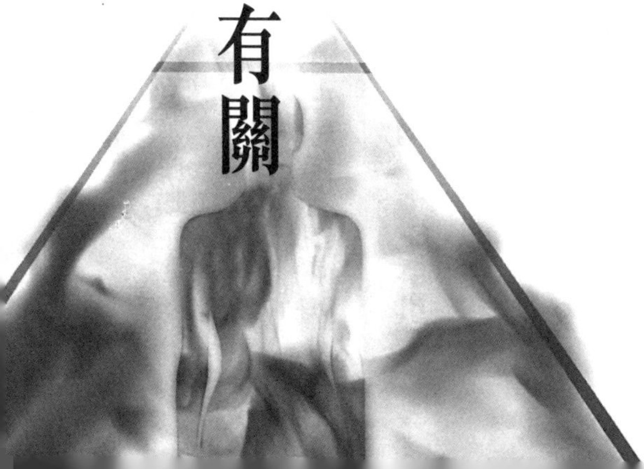

已經有好幾次，我都發覺在猛哥和藍絲之間，有這種古怪的情形出現，可是究竟為了什麼原因，我卻一點也說不上來。

我吸了一口氣說：「好，我們一起在這裏等，藍絲，你找到地方停機之後，和我們聯絡。」

藍絲的聲音在十五分鐘之後傳來：「已經飛出了通訊儀可以傳送的距離，還沒有找到可供降落處，這樣吧，我不參加對話了，你們要我來接的話，請按通訊儀上的那個紅色按鈕。」

那紅色的按鈕，能發射強力的無線電波，不能通話，但只要一按鈕，十公里的範圍之內，藍絲在直升機上，都可以收到信號。

我說：「那好，你自己小心。」

藍絲回答了一句，那句話，只聽到了一半，也是模糊不清，顯然直升機已飛遠了。

那時，猛哥忽然吁了一口氣，大有如釋重負之感。在過去十五分鐘之中，我已向白素說了猛哥的經歷，和那隻綠色的蟲又到了猛哥手上的事。

白素聽得俏臉煞白，望定了猛哥：「她……你在她臨死之際見到她的？」

白素是遇事再鎮定不過的人，可是這時，卻聲音發顫，神情惶急。我忙伸手握住了她的手，給她可以支持下去的力量。

猛哥聽得白素這樣問，反應奇特之極。

「臨死之前」的說法，本來就是猛哥自己提出來的，當時情形怎樣，我們一點也不知道。

這時，猛哥站了起來，仰頭向天，口中發出一種十分奇怪的聲音，用力搖着頭。

過了好一會，他才低下頭來。「太可怕了，當時我見到的情形，太可怕了。唉，她能忍住了那一口氣不死，只怕全是為了那小生命，她是很偉大的母親，很偉大……」

我和白素互望了一眼，猛哥的那幾句話，雖然無頭無腦，可是也不難明白——那「臨死」的情形，是在生育嬰兒的情形下，也就是說，是難產致死的。

我立時向白素使了一個眼色，表示了我心中的疑惑。

陳二小姐嫁過人，可是我們見到她的時候，是在她進入苗疆之前，她已經喪了夫，那個韓正堂主已經死了。

自然，陳二小姐可以另有情人，但那使得本來就很曲折的事，更曲折了。

白素顫聲問：「她……死得很慘？」

猛哥又沉默了片刻，才嘆了一聲：「事情很複雜，我必須從頭說起。不然，講到了一半，又要解釋這個，解釋那個，我怕連我自己也會混亂，把事情弄……亂了……」

聽得猛哥這樣講，我和白素，不禁大是駭然，一時之間，也難以想像究竟是什麼樣的一種複雜情形，難道複雜得過白老大當年在苗疆三年的行蹤——那花了我們許多年的時間才弄清楚。

而如今，看猛哥的情形，整件事，他全知道，只不過由於太曲折，所以他才要求從頭說起，免得混亂。雖然苗人的思想方法比較簡單，但猛哥不是普通的苗人，因此可知事情必然極其離奇。

這一次，由於事情和陳二小姐有關，而陳二小姐已可以肯定，是白素的阿姨，所以白素竟破例，比我還心急，她提出了異議：「是不是可以先揀最重要的說，其餘的慢慢再補充？」

猛哥想了一想，向我望來，我也同意如此，不然，他要是從早年白老大第一次進苗疆說起，不知要說多久，才說到正題上去。

所以，在猛哥向我望來之際，我向他點了點頭，表示我同意白素的提議。

猛哥沒有說什麼，忽然雙手在面前揮動了幾下，那時，在那個山洞之中，並沒有什麼昆蟲在飛舞，猛哥這種動作，也不是想趕走什麼昆蟲，而是他思緒十分混亂，想趕走一些雜亂的想法的下意識動作。

可是他這個動作不是很有效，因為他一開口，說的是：「那次，我從昆明回來，唉，在昆明的事……嗯，在昆明的事，和整件事並沒有什麼關係，不提也罷……」

我和白素相視苦笑，因為猛哥的話，簡直沒有條理之極——要是用這樣的敘述法，想說明一樁簡單的事，尚且困難無比，何況他一再強調事情曲折複雜無比。

我着意地咳嗽了一下，用意是在提醒猛哥，揀重要的事情說。

猛哥住了口，有點不好意思，接着，卻石破天驚，說了一句我們再也想不到的話來。

他道：「藍家峒那個會降頭術的藍絲姑娘，是我接生出世的。」

這句話，他說得相當急，可是說得很清楚，我和白素可以肯定每一個字都聽得清清楚楚。可是一時之間，卻也不容易明白那是什麼意思。

我先是在心中迅速地把這句話想了一遍，仍然不明白，猛哥又不是接生婆，怎麼會接生藍絲出世呢？接着，許多問題，一下子卻湧了上來：若果藍絲是猛哥接生出世的，那麼他必然知道藍絲的母親是誰，知道藍絲的身世秘密。難怪在藍家峒外，他一見了藍絲，就有那麼古怪的神情。

這真正是再也意想不到的事。本來，事情再複雜，也只是環繞着白老大、白素、陳大小姐、烈火女、紅綾、靈猴、外星人等等在進行的，藍絲可以說是一個百分之百的局外人，扯不上關係。

可是如今猛哥一開口，就說藍絲是他接生出世的，那麼，藍絲也和整件事有關了！

我和白素張大了口，剎那之間，半句話也說不出來。我們那時的神情，一定古怪之至，吸引了紅綾。紅綾望了望我，又望了望白素，也學着我們，在臉上現出那種驚愕古怪之極的神情來。

白素比我先從錯愕之中驚醒過來，她先是「嗖」地吸了一口氣，然後疾聲問：「藍絲的媽媽是——」

猛哥道：「我不知道她是誰，只知道她身上有那隻一願神蟲。」

這一次，我和白素一起發出了「啊」地一下驚呼聲。這一下驚呼聲，簡直是我們兩人胸口遭到了一下極重的打擊之後發出來的，所以聲音響亮，令得山洞之中，響起了轟轟的回聲。

猛哥自然不知道那產婦是誰，但是我和白素卻知道：「那是陳二小姐。」

除非陳二小姐把那隻一願神蟲給了別的女人，那麼這產婦才不是她。但是那蟲子對於一個深入苗疆的漢人來說，實在太重要了，不可能隨便給人。而且，那是她姐姐送給她的生日禮物，她必然珍愛之至。她進入苗疆，在窮山惡水之中涉險，目的就是為了要尋找她的姐姐，又怎會把這蠱子隨便送人？

就算再作假設：有人偷了，搶了那蠱子，可能性也少之又少——那是蠱苗的東西，持有人和蠱苗必有淵源，誰有那麼大的膽子敢起邪心？

所以，不論從哪一個角度來分析，身懷一顛神蠱，在苗疆產女的產婦，除了是陳二小姐之外，不可能是別人。

剎那之間，我和白素，也不由自主，伸手在眼前揮動了幾下，因為想到的一切，實在太亂了，我不知道白素先想到了什麼，我首先想到的是：「藍絲是陳二小姐的女兒，那就和白素，有極親近的親戚關係——她是白素的表妹。」

我又想到，我們設計，要把藍絲當作是大豪富陶啟泉的乾女兒，介紹給溫寶裕的母親，以促成溫寶裕的好事之際，還很為一個苗女忽然會和豪富扯上關係而駭笑。

可是，如今這個苗女的身世一揭露，她竟是白素的表妹——白素的一家子，和苗疆的關係太密切了。當然，那都拜白老大當年屢次深入苗疆所賜，可是事情也確然離奇到了極點。

算起來，紅綾和藍絲又是什麼關係呢？很容易算出來，藍絲是紅綾的表姨——藍絲年紀比紅綾小，可是輩份比紅綾大。

在我和白素，思緒亂如麻，各種雜思，紛至沓來之際，紅綾駭然叫：「怎麼啦？發生了什麼事？」

猛哥只不過才說了兩句話，已經牽出了那麼複雜的事情來，我嘆了一聲，在紅綾的手背上，拍了兩下：「沒有什麼，全是一些……舊事，我會向你詳細說，不過你不容易明白。」

紅綾睜大了眼，大聲道：「我會努力。」

這時，白素定過神來，伸手指着猛哥，不知如何開口才好，我忙道：「還是讓猛哥照他自己的方法來說，看來事情真的十分複雜。」

猛哥忙道：「是啊，是啊，得讓我從頭說。」

白素無可奈何，點了點頭。雖然她心急知道更多，但也怕猛哥急然又冒出幾句石破天驚的話來，那就會令事情更亂了。

猛哥吸了一口氣，一開始，竟又是那句話：「那次，我從昆明回來——唉，在昆明的事和……事情無關，可以不必說它了——」

猛哥從昆明辦完事回來，他是蠱苗的族長，可是出門的排場，也不是太大，只帶兩個隨從。他在旅途上，也和其他人趕路不同，遇有什麼和蠱術有關的物事，他一眼就可以看出用途，自然也沿途收集，收獲甚豐。

那一天，天色已晚，他們已在一道河邊紮好了營，準備過夜了，兩個隨從下午時分就打了一隻獐子，生起了火，準備烤獐子當晚餐，就在篝火火舌亂竄時，猛哥一眼瞥見附近的草叢中，有一條鮮黃色的小蛇在迅速遊走。

那種鮮黃色的小蛇，十分罕見，對某種蠱術，大是有用，猛哥一見，就直跳了起來，追了上去。

那小黃蛇遊走十分迅疾，猛哥身手雖高，但一時之間，也追不上。而什麼蛇蟲，既入了猛哥的眼，想要逃出去，也不是容易的事，只是時間問題而已。

可是這次，猛哥才追出了不到十分鐘，就陡然停步，任由那小黃蛇在草叢中消失。因為他聽到了一陣十分悽厲的呻吟聲。

呻吟聲而一入耳，就給人悽厲的感覺，那一定是發生了很不平常的事。猛哥一定神，立即發現那是一個女子所發出來的聲音。

他精通蠱術，有許多極奇妙而且敏銳的感覺，所以他又立即聽出，那女子正在極大的痛苦之中，而且，正面臨生死的關頭。

一辨明了這一點，猛哥立時循聲撲了出去，才穿出了一小片林子，就看到兩棵大樹之中，搭着一個極其簡陋的草棚，一望而知，不會是苗人所搭。

猛哥奇怪之極，直趨草棚之前，那呻吟聲已是出氣多入氣少了。

猛哥一掀草棚門口的一排草簾，向內看去，映着月色，他看到的情景，真是奇特之極。

他看到一個半躺半臥的女子，躺在一些乾草上，乾草上全是血，月色下，血紅得驚人，那女子全身近乎赤裸，下半身完全在血泊之中，有一蠕動的東西，在她滿是鮮血的雙腿之間。

就算猛哥是蠱苗的族長，見多識廣，但是這種情景，也不是一個男性能常看得到的。猛哥怔了一怔，才算是明白：一個婦人正在產子。

他先撮唇，發出了一下尖嘯聲，召喚他的隨從踏進了草棚，看出嬰孩是逆產，並不是頭部先出娘胎。

他不禁搖了搖頭。這嬰兒，真是命不該絕，這種情形，他只要遲來半步，就絕無活命的可能。

而對他這個蠱苗的族長來說，要令逆產的嬰兒順利出世，容易之至，當真只是舉手之勞，他伸手在那產婦的臉上輕撫了一下，嬰兒便已離開了母體，而且立刻發出洪亮之極的啼哭聲。

那兩個隨從趕到，陡然聽到了兒啼聲，自然意外之極。猛哥揮動苗刀，割斷了臍帶，提起嬰兒來時，聽得產婦發出了一下呼吸聲——猛哥聽出，那是結束生命的最後一口氣。

他心中不禁嘆了一聲，這時，他看出那產婦年紀不大，雖然污穢無比，可是仍難掩她的美麗，就這樣來歷不明，死在苗疆，自然可惜；而且，人一死，她是如何來到苗疆的，也就永遠成謎了。

猛哥一手提着嬰兒，一手去探產婦的鼻息。她已經沒有了氣息了。產婦的雙眼睜得極大，眼光也已散亂，一縷芳魂，已不知飄向何處了。

猛哥一開始「從頭説起」，敘述的經過，很有條理，他這段奇遇，聽得我和白素，目瞪口呆。

我在聽到一半的時候，心中就陡然一動，隱隱感到，我的記憶之中，有一些事，應該可以和草棚產婦這件事搭上關係的。

可是一時之間，卻又難以在千頭萬緒的記憶之中把這件事找出來。

白素由於一上來就知道了那產婦是陳二小姐，是她的阿姨，一聽得她死得如此之慘，已是眼花亂轉，同時，向我怒瞪了一眼。

我知道她的意思，是在怪我，當日陳二小姐找上門來，要我幫她到苗疆去找人，我沒有答應——如果我答應了，陳二小姐可能不會死。

我不禁苦笑，幾乎想大聲叫：「關我什麼事？」

當時，她帶着何先達，攜同四色名貴禮物來找我的時候，不論我怎麼想，都不可能想到她和白素有那樣的關係，也絕想不到事情會有那樣的發展。

當然，我並沒有分辯什麼，只是苦笑了一下。紅綾看到白素想哭，只是呆呆地望着，不知發生了什麼事。

白素也立刻知道怪錯了我，長嘆一聲，反而握住了我的手，向猛哥道：「請說下去。」

猛哥苦笑了一下，想是回憶起當時的情景，仍不免有狼狽之感，他以一族之尊，居然揮苗刀，斷臍帶，接生了一個嬰兒來世上。

這時，他已看清，自己接生來世上的，是一個女嬰，那女嬰十分強壯，啼聲宏亮，手腳亂舞。

猛哥倒並沒有花多少時間去想如何處置這女嬰，因為蠱苗世世代代規定，連帶外人入寨，都要有極特別的情形才行，當然絕無收養一個來歷不明的嬰兒之理。

猛哥已打定了主意，怎樣處置那女嬰，所以他向兩個隨從揮了揮手，示意他們把那產婦埋了，他向外走去，打算去做他要做的事。

誰知他才跨出了一步，忽然聽得一個女人的聲音，有氣無力地叫：「讓我看……看。」

同時，兩個走向產婦的苗人，也大驚失色，一個倒退，幾乎沒把草棚撞塌。

猛哥也大吃一驚，立時向那產婦看去，只見那產婦睜大了眼，手發着顫，正待吃力地揚起來，指着他手中的女嬰，要看一看。

母親要看才出世的女兒，這事情平常之至。可是這個產婦，卻千真萬確是斷了氣，死了的。猛哥若是連人的死活也分不清楚，還說什麼精通蠱術？

他在吃驚之餘，勉力令自己鎮定，心念電轉，知道在幾種情形之下，會有這種死而復甦的情形發生。這時，他也不及去研究發生的是哪一種情形，連忙走近那產婦，把女嬰湊到了她的面前。

說也奇怪，本來在不斷啼哭的女嬰，一到了母親面前，就不再哭，睜大了一雙烏漆漆的眼睛，只是望着那產婦。那產婦的神情，悲痛莫名，用手勉力在嬰兒的臉上，撫摸了一下，再想摸第二下時，卻已沒有了力度，軟垂了下來，落在胸前。

她急速喘着氣，手伸入懷中，像是想取什麼東西。猛哥看出她雖然一下子又活了回來，但是實在已到了生命的盡頭，非死不可，他有一些問題想問那產婦，可是話還沒有出口，卻見那產婦在胸口，摸出了一隻白銅盒子來。

猛哥一見那盒子，就心頭亂跳。這盒子，就算我一看，就知道那是屬於蠱苗的物事，可是也不知道那是什麼用途。可是猛哥卻是一看，就知道那是種什麼東西的，同時他也知道了產婦何以會死後復甦的道理。

那盒子之中，那隻碧綠的昆蟲，叫作「一願神蟲」，那意思就是，能使擁有它的人，實現一個有關自己身體行為的願望。

蠱術本來就和降頭術一樣，神秘而古老，不可思議，絕不能用現代實用科學的觀點和邏輯去解釋理解，它屬於玄學的範圍。

像藍絲會送給溫寶裕的「引路神蟲」，和猛哥敘述的一願神蟲，我只能接受那是事實，卻也無法理解。

據猛哥說，擁有一願神蟲的人，可以使自己的身體行為，達到一次願望——只能是一次，所以叫「一願」。例如面對一條水流湍急洶湧的大河，一個根本不會游泳的人，是絕對無法渡過河去的。可是如果有一願神蟲，只要心中想要過河，就會產生力量，使他能泅過河去。

同樣的，也可以在神蟲處得到力量，攀上聳天峭壁去。只能是一次，在一次之後，那神蟲對這個人，就再也沒有用處了。

猛哥明白，那產婦一定是在臨斷氣之前的一剎那，心中起了願。她起的願，或許只是想看一看才出世的女嬰，或許另有目的，那是不會有人知道的了。

而令猛哥吃驚的是，這一願神蟲，極是難得，在整族蠱苗之中，多少年來，傳來傳去的，也就只是那一隻而已，猛哥對牠的來龍去脈，再清楚不過，所以突然看到在那產婦的手中出現，他吃驚之後，失聲問了一句：「你丈夫……姓白？」

猛哥說到這裏，停了下來，向白素望來，不等他開口，白素就點了點頭，表示知道神蟲本來是白老大所有，經過曲折，才到了陳二小姐手上的。

猛哥不知道那些曲折，只知道神蟲在白老大處，所以他一看到神蟲就這樣問，他想的是：「那神蟲罕見之極，珍貴無比，白老大斷然不會給不相干的人，只有給了自己的妻子，才說得過去。」

他再也想不到，白老大意氣豪邁，根本不把身外之物，放在心上，隨隨便便就把神蠱送給了陳大小姐，而陳大小姐又將之轉送給了她的小妹妹。

那產婦可能根本沒有聽到猛哥的那一問，只是盯着女嬰看，大約有十來秒，才把視線移向猛哥，用極虛弱的聲音道：「去找她的父親——」

這一句話，一個「親」字才出口，她就再度咽了氣，這一次，不論她在臨死之前，又想到了要怎麼樣，她再也不會醒過來了。

她人死了，手臂一軟，那盒子落了下來，盒蓋打開，現出了盒中的一隻神蠱出來。

世上的事，也真是陰錯陽差，湊巧起來，可以巧到極處。那產婦若是對猛哥的兩個隨從說了那句話，兩個隨從可以不理。

可是她卻是對猛哥說的，猛哥是蠱苗的族長。

這一隻神蠱，也不知道是在多少年之前，由哪一位蠱苗的族長施了蠱術的，有一句話和神蠱一起傳了下來：「不論是誰，有神蠱在手，向蠱苗的族長有要求，族長必須做到，不得推搪。」

所以猛哥一聽，呆了一呆，就義無反顧，必須盡他的一切力量，去找這女嬰的父親。

我和白素聽到這裏，已經完全明白猛哥的苦處了。

他說得對。他要找一個人——或許範圍可以縮窄一半：他要找一個男人。上哪兒找去？那男人是什麼樣的？他完全不知道。

第十二部

是朝霞還是腐葉？

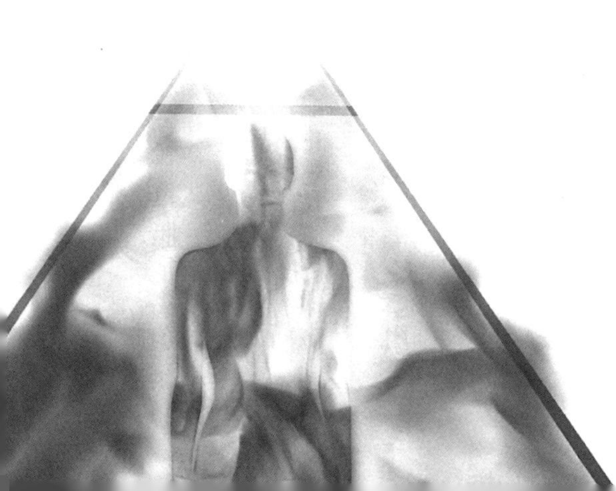

猛哥已經找了超過十年——超過十年有多，藍絲今年有多大，他就找了多久！

當然沒有找到，這種茫無頭緒的事，神仙也難以辦得到！猛哥畢竟不是神仙！

也是陰差陽錯，那產婦當時說的如果是「帶她去找父親」，一樣的一句話，猛哥就非把女嬰帶在身邊不可了！

事實上，後來猛哥在積年累月，找不到那個要找的人之後，雖然埋怨，可是也很慶幸，因為那產婦臨死時若是說「我不想死，你救我」，那他更不知如何才好了！

當下，猛哥抱着女嬰，出了草棚，向河邊走去，到了河邊，拔了一把草，替女嬰洗乾淨了身子，那女嬰不再啼哭，只是小嘴開合，猛哥試着把手指放近她的口，他就出力地吮吸着，小眼烏溜溜地轉，十分有趣可愛。

猛哥嘆了一聲：「若不是祖傳的規矩，我真想把她帶回去收養！」

我和白素，都是知道了後來情形如何的，當時吃了一驚：「你……把她放在木板上，在河上放了下去。」

我和白素齊聲表示吃驚還不稀奇，在我的腰際，忽然響起了一個清脆的女音：「猛哥叔叔，你不怕我會淹死，或是叫大魚吞了去？」

那竟然正是猛哥所敘述的往事之中的主角——當年的女嬰，如今的藍絲的聲音。聲音是從通訊儀中傳出來的！

我和白素，一聽之下，也有極短時間的錯愕，但立即明白了是什麼原因。猛哥卻意外之極，張大了口，合不攏來，指着我腰際的通訊儀，不知說什麼才好！

我和白素在那一剎間，心念電轉，想到了許多事，我們所想的顯然一致，因為我們互望了一眼，都明白對方的心意。

我們都沒有把想到的事說出來，只是第一時間，叫了一聲：「藍絲，我們是自己人！」

我們想到的是——藍絲駕着直升機，剛才她說，在通訊儀可以運作的有效範圍內，找不到降落的所在，所以她要飛得更遠——這一番顯然是謊話。

她說這個謊，目的是要我們認為她已聽不到我們的交談，那麼，猛哥才會毫無顧忌地把一切全説出來！

猛哥一見藍絲之後，神情古怪，好幾次又有奇怪的動作，這一切，細心的藍絲，自然都看在眼中，她可能已向猛哥問過什麼，但猛哥卻有顧忌，沒有回答，所以藍絲才設計使猛哥以為她聽不到，而把一切都説出來。

果然，她的目的達到了。

而令我和白素大有感觸的是，想不到藍絲小小年紀，竟然這樣沉得住氣。在我相識的人之中，不論男女老幼，在聽到了自己的身世秘密之後，能一直忍着，到聽完了才出聲，怕只有她一個人了！

絕大多數人，必然在聽到猛哥説第一句「藍絲是我接生出世」時，就已經怪叫起來了——至少，溫寶裕必然如此，良辰美景也必然如此！紅綾那更不必説了！

由此看來，藍絲的年齡和他們相仿，但是性格大不相同，要深沉得多了！

我和白素叫了一聲之後，藍絲的聲音又傳來，這一下，她內心的喜悦激動，卻表露無遺，簡直分不清她是在哭，還是在笑：「那我們是什麼關係？我可不會排算！」

白素叫了起來：「親如姐妹，我是你表姐！」

藍絲先喃喃地念了幾遍：「表姐！表姐！」然後又大聲叫：「表姐！」

我也呵呵笑着：「我呢？」

藍絲又叫：「表姐夫！」

我咯咯大笑，深覺人生可愛，因為奇事之多，簡直層出不窮，叫人應接不暇，哪有半分冷場？不久之前，苗疆認親，認回了一個女兒來，現在，又多了一個表妹。

藍絲聲音大樂：「哈哈，紅綾，我比你長一輩，我是你表姨！」

紅綾卻不明白什麼叫「長一輩」，只是她也感染到了我們的興奮，所以她也高高興興地叫了一聲：「表姨！」

猛哥直到這時，才回過神來，他笑道：「看來我這個猛哥叔叔，也要降一級，變成猛哥大哥了！」

藍絲打蛇隨棍上，立即改口：「猛哥大哥，你還沒有回答我剛才的問題！」

猛哥笑：「我不怕你會有意外，我替你洗乾淨身子的時候，已經占算過，你一生之中，只有出生那一刻有兇險，以後，無往不利！」

藍絲吸一口氣，她自己是學降頭術的，這樣的一句話，出自蠱族族長之口，她自然深信不疑。

猛哥道：「我在你腿上，刺上了蜈蚣蠍子，表示你是由蠱苗救下來的，任何苗人發現了你，都會歡天喜地收留你，不過我卻想不到，你會在藍家峒長大，真是好福份。」

藍絲的聲音變得很沉：「我媽臨死前要你找我爸爸，找到了沒有？」

藍絲這是明知故問了，他要是找到了藍絲的爸爸，也不會在苗疆到處奔馳了！

藍絲是知道過去在苗疆中發生的一切事故的，記述在《探險》和《繼續探險》中的種種情節，她全都知道，所以她說了一句我和白素在心中想了好幾遍，但是沒有說出來的話。

她道：「當年，我媽媽進苗疆，不是一個人來，是有人陪她來的！」

我和白素，同時一凜，紅綾卻在這時，大大地打了一個呵欠。我忙道：「紅綾，你睏了，只管睡去，但若是有精神，最好聽着。你現在聽到的事，和許多事，有千絲萬縷的關連！都是你需要知道的。」

紅綾眨着眼，連連點頭，表示願意聽下去。

我和白素，也早已想到了那個關鍵，陳二小姐是由一個人陪到苗疆來的。那個人姓何，名先達，是袍哥，也有可能是軍官，相貌堂堂，談吐得體，對陳二小姐（韓夫人）恭順之至，是他陪着陳二小姐一起到苗疆來的。

那麼，這個人在哪裏？進入了苗疆之後，這個人扮演了什麼角色？

我想到的問題，藍絲立刻就問了出來：「這個人在哪裏？他扮演了什麼角色！」

猛哥抓着頭：「我連有這個人都不知道！」

我和白素互望了一眼，一時之間，都不知該如何反應才好，藍絲的聲音聽來苦澀：「猛哥大哥，這個人，可能就是你要尋找的那個！」

猛哥張大了口，「啊」地一聲，事情太複雜，他有點弄不清楚。我接口道：「這是可能之一。」

藍絲表現了她出色的分析力：「青年男女，相處久了，容易生出情意。有可能是兩情相悅，那就美麗，一如群山之上的朝霞。但如果一方面是冰清玉潔，一方卻起了歹意，弱女難敵強男，那就醜惡，一如山谷底的千年腐葉。」

藍絲說得這樣老成，我和白素，都大是訝然，仍然不知如何反應，因為說的是有關她父母的事。

藍絲問：「表姐，表姐夫，照你們看來，事情是如朝霞，還是如腐葉？」

我和白素都是一樣的意思——只怕事情還是如腐葉的成分居多，因為陳二小姐的草棚之中，只有她一個人居住過的痕迹，如果她和何先達兩情相悅，那麼何先達怎會不在她的身邊？

這其間，不知有多少種曲折變化可供設想。我沉聲道：「有可能是他們在苗疆中遭到了不測，何先達不幸遇難，所以陳二小姐才變得一個人流落在苗疆了！」

我在這樣說的時候，心中又是一動，又感到了在我的記憶之中，應該有一件事，是和目前在討論的事有關的，可是卻又沒有具體的概念。

白素長嘆了一聲：「好些年之前發生的事了，藍絲，你總不能一下子把所有事都弄清楚的！」

藍絲也嘆了一聲：「說得對，知道了自己的母親是誰，應該高興了！」一時之間，大家都不出聲，又過了一會，藍絲問：「猛哥大哥，我娘葬身的地方，你還記得嗎？」

猛哥長嘆一聲：「記得的，我會帶你去！」

藍絲再嘆了一聲，白素和我齊聲道：「我們一起去！」

當日韓夫人和何先達找上門來，相隔若干年，韓夫人埋骨荒山，何先達不知所終，也真夠令人唏噓的了。

猛哥的一句話，引出了那麼一大段事來，我們這時，還都以為事情只和藍絲有直接的關係，怎知在靜了片刻之後，猛哥忽然又冒出了一句話來，事情卻變得和許多事，都有了直接的關係！

猛哥冒出來的那句話是：「那神蟲，落在白老大的手裏，是我姑姑給他的！」

一句話，聽得我和白素，面面相覷，竟不知如何反應才好。猛哥的姑姑，為什麼要把那麼珍罕的一願神蟲送給白老大？莫非白老大早在和陳大小姐並轡進入苗疆之前，已和蠱苗的老族長妹妹有過情緣上的糾纏？

一時之間，我們的神情，不免有點古怪，猛哥倒也看出來了，他道：「不是……不是……是白老大救了我姑姑一命，所以姑姑謝他的，也難怪你們那麼想，我姑姑是族中的美女，你見過芭珠，她就像姑姑，那年，我姑姑才十八歲……」

我聽他一直囉裏囉嗦說下去，忙舉起手來：「好了，你姑姑的事，可能很有趣，但是可以慢慢說，現在要理的事實在太多了！」

猛哥神情訝異：「你們不是想研究身上會冒火的……神仙的事嗎？我姑姑當過三年……嗯，三年不到的烈火女！」

這句話，更是匪夷所思之極，我不但滿臉疑惑，而且，不由自主，伸手指撫我自己的耳朵！

紅綾在一旁，看了我的動作，覺得有趣，她也學着我的樣子，用手指撫耳朵。

白素先有了反應：「你姑姑當過烈火女？不是只有倮倮少女才能當烈火女嗎？」

猛哥搓着手，現出十分扭捏的神情，他猶豫了好一會，才道：「這是我們族的一件醜事，從來不對外人說起的，我全當是自己人，這才說的。」

藍絲的聲音先傳了過來：「願意給你下蠱，若是外傳，就會發作！」

藍絲的態度，令我和白素，都感到了一股寒意，猛哥也道：「那倒沒有……那麼嚴重，我姑姑的名字是金鳳。那時，我父親是族長，她在族中，地位很高，可是她個性極野……老是在外面闖，她十五歲那年，忽然說，要去當倮倮人的烈火女，說當了烈火女，可以號令大批倮倮人。管的人，比十族蠱苗還多！」

這金鳳姑娘，是一個具野心的人物，可是，烈火女說當就能當上了嗎？

猛哥道：「當時，父親就這樣問她，可是姑姑卻說，她早有了計劃，上一屆烈火女交替的時候，她就混在倮倮人之中，在那個大石坪上觀看——」

倮倮人烈火女的新舊交替儀式，我和白素都知道，也作過種種設想，都對這種神秘現象，覺得難以解釋。

所以，我們很容易想像金鳳混在倮倮人之中的情形。苗人性直，又絕不會有什麼身分證明，倮倮人又散居各地，三年一次聚會，誰也不能全部都認識。

猛哥補充了一句：「她早已學會了倮倮語。」那樣子的話，要冒充倮倮少女，更是容易了。

白素緩緩地道：「她的野心，只怕不單是想有幾萬人供她指揮吧！」

猛哥望着白素，神情很是佩服：「是，都說倮倮人的烈火女是神仙……冊封的，能見到神仙，和神仙在一起，所以她……老實說，不但是她，我們全都希望，也能見到神仙。」

猛哥的那一句話，把當年金鳳冒充倮倮少女的事，弄得更明白了。

事實是：不單是金鳳一個人的野心，而是蠱苗全族的野心，想和神仙有所接觸，只不過派了金鳳出馬而已。

本來，那只是蠱苗和倮倮人之間的事，我和白素都不會十分有興趣去聽。可是，事情和白老大有關，也和「神仙」有關。

那苗人口中的「神仙」，我們早有分析的結論，就是那種扁圓宇宙飛船中的外星人，這種外星人，和靈猴有關，和烈火女有關，也和陳大小姐有關。這種神仙的特點是會冒火！

而如今，我們又在一個神秘的山洞之中，有着許多可能是烈火女的骸骨，白素又曾發現並追逐一個會冒火的人。種種已知的、已發生的事加在一起，都說明很多年前在苗疆進行的，蠱苗覬覦倮倮人烈火女位置的這椿陰謀，都和我們有十分密切的關係。

所以，那就非聽個仔細不可！

猛哥在說這件「醜事」「確然不是很光明正大」的時候，多半很是心虛，所以不斷察看我們的神情。他當然不能在紅綾臉上發現什麼，因為她渾然天成，根本不知道猛哥在說些什麼。

而我和白素，也盡量裝出若無其事的神情，以免猛哥尷尬而不肯說下去。

猛哥在長長的嘆了一口氣之後，又道：「那次，她回來，對大家說，大家都對倮倮人能有神仙庇佑，感到羨慕不已——只是我們貪心，上天賜我們蠱術，本來已經是夠幸運的了——」

我忽然插了一句口：「你們的蠱術，我相信根本是很多年之前，來自天上的神仙所傳授的。」

猛哥並不反對我的意見：「可能是，也正由於如此，我們就更希望能再見到神仙。」

我和白素仍然現出一副淡然的神情，紅綾對「神仙」很有興趣，睜大了眼聽着——我相信她在幼嬰時期，是見過「神仙」的，可能在她的記憶之中，有「神仙」的印象在，只是無法取出來而已。

猛哥續道：「過了一年，她又離開了我們——」

我又插了一句：「烈火女不是三年才作一次替換嗎？」

猛哥道：「是，她需要時間，使自己更容易成為烈火女，她去生活在倮倮人之間，使她看來，完完全全，是一個倮倮少女。」

白素輕拍了一下我的手，我明白她的意思，是叫我不要打岔。

可是我還是又說了一句：「新的烈火女，由舊烈火女指定，那麼多倮倮少女在場，她有什麼把握，可以使舊烈火女指向她？」

猛哥深吸了一口氣：「別忘了她是蠱苗族長的妹妹，精通蠱術，只要她有一個機會接觸到舊烈火女，她就可以成功，可以影響舊烈火女的心意，使舊烈火女在火光熊熊之中，伸手指向她，令她成為新烈火女。」

我發出了「啊」的一下低嘆聲——我絕不懷疑蠱術有這種奇妙的作用，在蠱術之中，這種情形，甚至不是什麼高深的學問。

猛哥道：「烈火女居住的山洞，是不准人進去的，可是她既然有心……自然不會去顧及什麼規矩，就偷進去了三次，也見到了烈火女，她在那段時間之中，也不斷和族裏有聯絡，族裏派人和她會面，她把事情的進展傳話回來。據她所說，烈火女居住的那個山洞，深不可測，一般人居住活動，都是在外面兩三層，她曾冒險進了第五層，就無法再前進了。」

猛哥停了一會：「究竟有多少層，是等她當了烈火女之後才探明白的。」

我想問：「究竟有多少層？」但是話還沒有出口，就被另一個問題所佔據：「白老大和陳大小姐當年在烈火女的山洞中，住了那麼久，是住在第幾層？」

在烈火女的歷史之中，居然有一位是由別有居心的蠱苗冒充的，這事情本身，已是怪異莫名，更何況事情和我們大有關係。

猛哥又嘆了一聲，久已不作聲的藍絲，傳來了一句話：「猛哥大哥，這事情發生的時候，你根本沒有出世，不關你的事，你不必一面說，一面唉聲嘆氣！」

猛哥笑了起來，神情開朗了許多，連連點頭——他為人正直，總覺得自己族人當年的這件事，做得不是很光彩。藍絲又道：「她終於當成了烈火女，那山洞之中的所有秘密，她自然是全知道的了？」

猛哥道：「是，她全知道了，那秘密……是她幾乎用性命換回來的。」

藍絲的聲音聽來很平靜：「聽說在那山洞有傳說中的苗疆藏寶，是不是？」

猛哥嘆了一聲：「沒有，但是山洞最深處，是神仙常出沒之處！」

這一句話，又令得我和白素緊握住了手，我們一起想起，當年，白老大、鐵頭娘子和大滿老九，都看到兩個「神仙」飛向烈火女居住的山洞，原來「神仙」是一直在那裏出沒的！

猛哥雙手揮動：「讓我從頭説，別打亂我！」

我、白素和藍絲齊聲道：「好！」

紅綾頓了兩秒鐘，她也大聲道：「好！」

紅綾的樣子，可愛在她一本正經，一點也不知道她自己在逗人發笑。

猛哥道：「三年之後，新舊烈火女交替，族裏派了重要的人物去參觀，看到金鳳姑姑在舊烈火女伸手一指之下，全身火光出現，成為新烈火女，回來報喜，全族都興奮莫名，只等好消息。可是她當了烈火女之後，竟然一點消息也沒有，派出去的人，到了烈火女居住的山洞，就算混了進去，也見不着她——大家都記得她説過，那山洞深不可測，連她也只進了五層，裏面的情形如何，不得而知，那時，全族上下，都大是焦急！」

我揚了揚眉，對的，隨着日子一天一天過去，蠱苗全族都焦急，那是可想而知的事。

要知道三年屆滿，舊烈火女是要在火堆之中焚身的！

神仙的好處沒到手，反倒陪上了金鳳的一條命，這不是太不值得了嗎？

我想了一想，道：「你們也不必急，到時候，可以設法把金鳳從火堆中搶救出來——蠱苗的旗子一打出來，倮倮人還有不望風而逃的嗎？」

猛哥苦笑：「聽我爹說，他們確然有這樣的打算，但是事情到後來，又有了意想不到的發展，還有兩個月才到三年，金鳳姑姑就從烈火女居住的山洞之中，逃了出來。」

我實在想問為什麼她要逃走，可是給白素一個嚴厲的眼色，把要問的話，壓了回去。

猛哥道：「金鳳姑姑在回家途中受了傷，她遇上了山崩，碎石像瀑布一樣衝下來，把她的身子，埋了一大半在碎石堆中。」

聽到這裏，我也不禁有點不寒而慄——蠱苗的神通再廣，遇上了山崩地裂，也難以和大自然的力量相抗衡。

像這種山崩之後，大量的碎石，夾着泥沙，自高處向低處衝瀉而下的災難，叫作「泥石流」，無可抵擋，什麼東西遇上了都得毀滅，破壞性之強，無出其右。

金鳳所遇到的，當然是泥石流中小之又小的一股，不然，哪有命在？而被泥石流埋了一大半身子，那自然也兇險之至。

猛哥望向白素：「她被埋了整整一天，才遇到了救星，救她的，就是白老大，令尊。據她脫險之後留下來的話，說是白老大花了足足兩天兩夜時間，挖掘埋住她的大小石塊，才把她救了出來，多麼強壯的一條漢子，也累得幾乎沒昏死過去！」

我不由自主，搖了搖頭——白老大在苗疆的經歷，可以說多姿多采之至，像這種捨命救苗女，救的苗女又是身分特殊的人物，我算是古怪的事見得多的了，也未曾有過那樣的經歷。

猛哥續道：「金鳳姑姑一脫險，就摟住了白老大，說明了自己的身分，要以身相許。」

第十三部

神仙改造

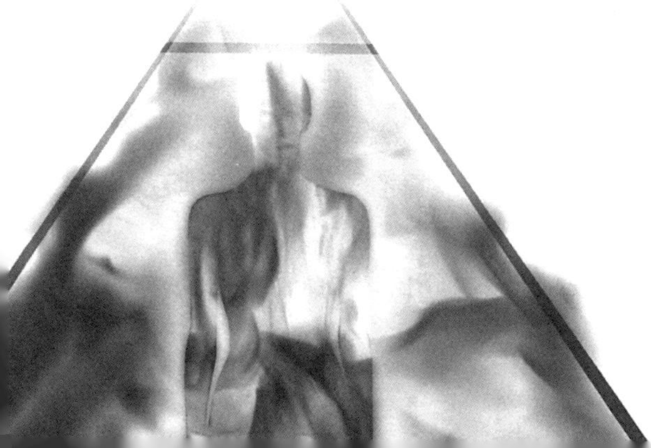

我聽到這裏，忍不住「哈哈」一笑，神情不免有點古裏古怪，白素瞪了我一眼，可是神情和我相同。

這一段經歷，出自猛哥之口，自然不會是假的，可是白老大從來也沒有對我們說起過——那當然是由於後來在苗疆發生的事太慘痛了，所以他一併不提。

想想看，那時白老大正當盛年，血氣方剛，一個十八歲的美麗苗女，投懷送抱，而他居然能拒絕，這份定力，也就無人能及了。

他當然是拒絕了的，不然，他當了蠱苗的郡馬，也就不會有以後的事發生，不會有白素，不會有陳二小姐苗疆尋親，也不會有藍絲了！

一個人的一念之轉，竟可以連帶影響甚至決定那麼多人的命運！

猛哥嘆了一聲：「他當時若是答應了，事情自然會大不相同。可是他卻一口拒絕，說他不能娶苗女為妻，他有許多事要做，更不想姑姑感恩圖報。姑姑問他單身到苗疆來辦什麼，他說是來尋找傳說中的苗疆寶藏。姑姑說可以告訴他有關倮倮人烈火女的秘密，條件是要娶她為妻。」

我又笑了一下——苗女熱情起來，很會纏人，白老大的定力少一分都不行！

猛哥再嘆一聲：「誰知他還是不答應，姑姑無法可施，把他帶了回來，把珍藏的一願神蟲送了給他，他住了三天才走。那三天，姑姑打扮得老樹見了也會動心，和他寸步不離，可是他只是豪飲縱笑，絕不輕薄，令得全族上下都對他敬仰不已。最後，他認了金鳳姑姑做乾妹子，這才飄然而去。等他走了之後，姑姑才向族人說起她要逃走的原因——白老大竟連這一點也未曾多問，雖然他知道姑姑當過烈火女！」

猛哥說了之後，不由自主再加了一句：「這人，真了不起，他老人家——」

白素忙道：「他還在，你想見他，我可以引薦。」

猛哥的神情，大是嚮往，連連點頭。

我這才知道，早在我到過蠱苗的地方之前，白老大已經去過，那自然還在平納教授之前，他從來也沒有提過。我去的時候，也沒有聽蠱苗提起，想起我曾好幾次在白老大面前提及那段經歷，很引以為榮，洋洋自得，白老大口中不說，心裏一定以為我淺薄了！

白素看穿了我的心意：「爹絕口不提，是由於後來在苗疆發生的事，太令他傷心了。不過，我相信他在金鳳那裏，多少知道了一些有關那烈火女山洞的事……」

她說到這裏，語音遲疑，向我望來：「你可記得，當時，爹看到兩個『神仙』落向山洞那一邊，他就說神仙到他家裏去了，若不是他一直知道神仙會出入山洞，不會立刻有這樣的反應！」

我點頭表示同意，白素嘆了一聲：「可惜他脾氣硬，不願多佔人便宜。不然，可以在金鳳口中知道更多秘密！金鳳要把秘密來換取嫁娶之諾，可知道秘密必然非同小可，要是爹早知道了，以後情形或許不同。」

猛哥吸了一口氣：「秘密確然非同小可，金鳳姑姑是告訴了白老大，有神仙在那山洞的深處出沒，別的沒有說。」

我和白素都知道，這就是白老大選擇了烈火女的山洞作住所的原因。

也進一步知道，白老大在那三年中，並沒有見到過「神仙」。

更知道當白老大看到了宇宙飛船，見到外星人出手救了人，又飛到山洞去的時候，他也明白了，苗人口中的「神仙」，就是外星人。

他自然也十分樂意和外星人見面，可是當他提到，進入山洞時，變故已然發生，陳大小姐，他的愛侶，由於傷心過度而離開了。

白老大後來，雖然又在山洞中住了很久，但是他可以肯定沒有再見到外星人——外星人住在山洞深處，地球人進不去！

當我們聯想到這些事時，使得如謎的往事，更加清楚地重現。那令我們不勝感慨。

猛哥又說了一句：「秘密真是非同小可，原來，真的有神仙，全身會發光——」

紅綾一直在用心聽，聽到這一句，她又高興起來：「看，我早說神仙身上會冒火！」

我握住了她的手，糾正她：「猛哥大叔說發光——發光和冒火不同！」

紅綾眨着眼：「發光，就是冒火！」

我伸手自白素的手中，接過了電筒來，着亮，給她看：「看，這是發光，不是冒火。」

紅綾伸手摸了一會，終於點了點頭，可見只要有說服力，紅綾絕非不講道理。

猛哥在一旁看了有趣，補充道：「神仙的身上，會冒火光！」

紅綾立時知道了猛哥是在誇獎她，撲過去，摟了他一下，神態很是親熱。

我對白素道：「一個可能是外星人的身體會放火光，不過更大的可能，是他們的隨身裝備會冒火光。」

白素點頭道：「是。」

猛哥的神情，突然變得極凝重：「金鳳姑姑要逃走的原因，是神仙要把她帶到天上去。」

他說着，伸手向上指了指，有駭然之色。

我不禁大是疑惑：這是說不過去的。被神仙帶到天上去，也變神仙了，有什麼不好？何必逃走？就算貪戀凡間的生活，向神仙說明就可以了，也不必出逃走的下策。

我還沒有把心中的疑問問出來，猛哥已伸手在自己腦袋上敲了一下：「神仙告訴她，要上天，這裏面，要改一改！」

我和白素更是駭然，一時之間，不明白是什麼意思，就脫口說：「什麼意思？」

猛哥神情緊張：「姑姑當時也這樣問，當時，是兩個神仙對她說的。她當了烈火女之後，進了那山洞，就有聲音叫她，直向前走，她曾來過，穿過了五層，就再也沒有去路了。

「可是，在當了烈火女之後，竟然大不相同，面前明明已全是岩石，再無去路，可是聲音不住在要她向前走，她邁開腳步，竟然就穿了過去！」

猛哥現出極疑惑的神情，顯然他對這種情形，一直表示懷疑。

但是我倒反而並不太驚訝，因為我知道，這種穿越固體的能力，很有些外星人是輕易易舉就可以做得到的。我以前的一段經歷，一個叫賈玉珍的人，通過特殊的辦法，修練成仙，他進入神仙洞府，也是穿過了岩石進入的。

我急忙揮手，示意猛哥快說下去。

猛哥道：「姑姑第一次見到神仙時，高興得跪下來拜，神仙也沒有說什麼，只是告訴她，如果聽不到召喚，不可硬闖——後來她強闖了幾次，就一點辦法也沒有，這才知那是仙法！」

我性子急，指了指頭，要他先說「這裏面要改一改」的情形，猛哥被我一打岔，呆了好一會，我這才真叫是欲速則不達了。

我不敢再催他，過了一會，猛哥才道：「姑姑當烈火女，倒也當得風平浪靜。本來，她也早打定了主意，三年將到，她也沒打算被火燒死，準備開溜。可見雖見了神仙，卻什麼好處也沒有得到，她也有點不甘心。忽然神仙要改她的腦袋，她更是吃驚，忙反問那兩位神仙：『這……腦袋如何可以改一改？』神仙告訴她：『改了之後，你在火堆之中，才不會被燒死。烈火一起，你身軀成灰，靈就上了天，和我們一樣了！』」

「神仙」在以前，一定會和許多烈火女這樣說過，其他的烈火女只怕都立即聽從了「神仙」的意見，由得神仙擺佈，因為倮倮少女頭腦簡單，自然是神仙怎麼吩咐，她們就這麼做。

如今在山洞中的那十幾具骸骨，就是那些烈火一起，身軀成灰的烈火女了。

照外星人的說法是，她們都經過改造，身軀成灰之後，就是她們由地球人轉變為外星人的最後程序。

地球人轉變為外星人的過程，並非罕見，我認識的一個超級大亨，本來是外星人和地球人的混血兒，就經歷了相當長的過程，完全變成了外星人。

還有，曾是原振俠醫生的密友，身分極神秘的海棠，也下這決心，由地球人變成了外星人，據原醫生說，他曾目睹一部分轉變過程，可怖之極！

那樣看來「腦袋改一改」、「烈火焚身」，只是轉化為外星人的一種程序。

金鳳若是乖乖聽話，自然也沒有事了。可是她卻不是無知的倮倮少女，而是大有來歷的人物，而且知識不凡，自然不肯就範！

所以，她堅持要知道「腦袋裏面要改一改」，究竟是怎麼一回事。

猛哥說到這裏，神情更是駭然：「神仙畢竟是神仙，竟告訴她，要把她的頭蓋骨揭開來！」

紅綾聽到這裏，陡然作了一個鬼臉，雙手抱住了自己的頭。我知道，她是想起了白素曾要把兩頭靈猴的腦袋打開來看看那件事。

這令我心中一亮——製造烈火女的外星人，必然就是在那山頂上，曾和陳大小姐、紅綾在一起的那一類，說不定是同幾個。

外星人曾在靈猴的頭部動過手術，目的是不是也是「改一改」，他們想把地球猴子也變成外星猴子嗎？這真有點匪夷所思了！

匪夷所思的事，很快就有了答案。

猛哥道：「我們是蠱苗，對人的身體，什麼地方都敢動，可是也不敢動腦袋，這要把頭殼揭開來，不是要了人的命嗎？姑姑嚇得當場就跪了下來，哭着，求神仙不要殺她，她不想死！

「這一下，神仙也大是愕然，可能神仙以前從來也未曾想到過有人會害怕，神仙就叫她不要害怕，一個神仙飛開去，不一會，就帶着兩頭猴子進來，接下來發生的事，姑姑告訴人，她全然無法相信自己的眼睛！」

我已經想到了，用力一揮手說：「神仙把兩頭猴子的頭殼打開給她看，也當面告訴她怎麼改，猴子仍然鮮蹦活跳，什麼事也沒有。神仙的目的，是叫她不必害怕！」

我一面說，猛哥一面不住點頭，嘖嘖稱奇：「你是怎麼知道的？」

白素用力握着我的手，我知道她也想到了這一點的情形，和她交換了一個眼色。

猛哥道：「姑姑雖然見猴子沒有事，但是想到自己就算過了這一關，還要再過烈火焚身那一關，算來算去，都太冒險，所以就逃了出來。她怕神仙追，專擇小路走，這才遇上山崩的！」

這時候，我和白素，心中都雪亮——和紅綾在一起的那兩頭銀毛靈猴，頭上的手術痕迹是怎麼來的了！

外星人也要替陳大小姐「改一改」腦部組織，陳大小姐有知識，也不肯，外星人就像向金鳳示範一樣，也在兩頭靈猴頭上先動手術給陳大小姐看，好令陳大小姐相信他們的手段！

問題是陳大小姐看了之後，是接受了神仙的好意，還是也逃走了？

陳大小姐若是接受了改造，那麼，她早就變成外星人了——這也可以解釋何以她會拋下還是嬰兒的紅綾——她心想把嬰兒交給神仙，一定再適當不過，而她在極度厭世的心情下，且盼早早變成「神仙」上天。

當然，又不知發生了什麼意外，「神仙」並未能照顧嬰兒，紅綾是由靈猴照顧大的！

那是當時我和白素在剎那間所想到的。

後來，又經過了許多曲折，才知道事情和我們的設想頗有不同，但那已不是這個故事中的事了。

猛哥看出我和白素的神情有異，所以他定定地望着我們，我真的不知如何向他解釋才好，因為事情真的太複雜了，竟不知從哪裏說起——雖然猛哥已經知道了不少。

我只好道：「你告訴我們的事，對於解開一些久久存在於我們心中的謎團，有極大的作用，謝謝你。」

猛哥苦笑了一下：「所以，我在一開始的時候，說道十多年來，在苗疆奔波，可以算是和白老大有關——他如果不把那麼名貴的神蟲亂送人，我也大可不必去找人！」

藍絲的聲音，幽幽地傳了過來：「猛哥大哥、表姐、表姐夫，我求你們，把那個人……把我的父親找出來！」

我和白素齊聲道：「當然，一定，這還用你說嗎？」

白素更安慰她：「藍絲，我們的命運一樣，都是從來也沒有見過自己的母親，而且，再……也見不着了！」

她說到這裏，語音大是哽咽，抬頭向天——陳大小姐若是經過了改造，給神仙帶到了天上，現在不知在茫茫宇宙的哪一個角落？

紅綾在這時候，又表現了她很懂事的一面，她說了幾句很叫人感動的話。她道：「我比你們好，我有媽媽，媽媽就在我的身邊！」

白素一聳身，把紅綾緊擁在懷中。

我望着她們兩人，心中也有一股暖流在流着。這時，我的思緒很亂，我想到了一點，立刻就提了出來：「那個陪二小姐進苗疆的何先達，是一個關鍵人物！」

白素只顧和紅綾親熱，一時之間，沒有什麼反應，藍絲道：「可是……他也可能早已不在人世了……我……始終……只是無父無母的孤兒！」

我用極嚴肅的語調道：「藍絲，話不能那麼說，十二天官不折不扣就是你的父母，你是他們的女兒！」

我只有在極認真的情形下，才會用那樣的語氣說話。藍絲的反應來得極快，立時道：「是，我不對，請原諒我一時的傷感。」

我嘆了一聲：「你明白就好，不然，十二天官一定會傷心欲絕——」

我一說到「傷心欲絕」時，陡然想起一件事來，大叫一聲，整個人直跳了起來：「我明白了。」

我想到的是，我到苗疆來的時候，藍絲駕機，找良辰美景，我曾在半途，發現一堆不屬於苗人的篝火，進入過一個山洞，在那山洞之中，有一些奇怪的發現，也有一個人以極快的身法逃走。

在那山洞之中，有一個祭壇，在洞壁上還刻滿了「罪孽深重」等字樣，那人分明是處在傷心欲絕的情緒之中。

那個人大有可能是何先達！

正如藍絲所問：發生在陳二小姐身上的事，是朝霞還是腐葉——要是何先達侵犯了陳二小姐，兩人在苗疆失散，何先達找不到陳二小姐，那自然會痛苦、後悔，一直在絕頂傷心中過日子！

我又叫了一聲：「我明白了。」

然後，我急急道：「我知道那人在什麼地方，猛哥，就是你要找的那人，藍絲，他可能是你的父親，那個由『好人蛇』看守的山洞！你還記得它的方位？」

我只是依稀記得，藍絲對苗疆的地形，比我熟得多，她立時道：「記得！」

我吸了一口氣：「我們不必在這裏守株待兔，先去找那個人再說！」

猛哥立時同意，藍絲也叫好，白素神情猶豫，我道：「那會冒火的人如果負有守護骸骨的責任，他一定會在這裏，慢慢來找他不遲！」

說話之間，已經可以聽到直升機的聲音，自遠而近傳了過來，可知她根本是把直升機停要極近的山頭上！

不一會，我們所有人，都擠上了直升機，藍絲的記性好，記得上次發現篝火的地方，到了上空，猛哥、我、藍絲自然要下去，由白素駕機，紅綾眼珠轉動，吞了兩口口水，這才有了決定：「我陪媽媽！」

白素在剎那之間，所現出來的那種滿足感，也只能在一個心滿意足的母親臉上才能找得到。

到了那個山洞的門口，藍絲和猛哥已齊聲道：「洞裏沒有人！」

他們分別有降頭術和蠱術的本領，一定距離之內有沒有人，很容易感覺到。

兩人的神情，也極其失望，因為這人如果放棄了這個山洞的話，苗疆之大，又不知上哪兒去找他才好了！

我沉聲道：「進洞去看看再說！」

進山洞，着亮了電筒，我就知道，那個人（我料他是何先達），在我上次離開之後又來過，因為那個「雕像」上的那一幅破布不見了。

猛哥進了山洞之後，迅速遊走，繞着山洞轉了一轉，藍絲則望着祭壇上的那座雕像發怔——如果我的假設是事實，那麼，這個祭壇，就是為她媽媽陳二小姐而設的了！

我來到了藍絲的身邊，陪着她站了一回，猛哥在不遠處叫：「衛，有人留字給你！」

我向他看去，他指着洞壁，我道：「那是我留字給他。」

猛哥道：「你留字給他，他在你的留字之旁，又留了字給你！」

我「啊」地一聲，我和藍絲一起向前掠去，到了洞壁之前，看到在我所留的那一行大字之旁，有用炭寫出的字：「來者竟是故人，幾疑是夢，罪孽深重之人，無顏相見。欲知余所犯何罪，請看這二十年來所書之懺悔錄。何先達留字。」

果然是何先達！

而在那洞壁之下，有着一大綑樹皮。有的大有的小，形狀不是很規則，樹皮的一面很是平滑，上面有用炭所寫出的字，字迹極潦草。我順手揭了幾頁，吸了一口氣，望向藍絲。

藍絲盯着那些樹皮，神情悲傷，她喃喃地道：「不是……朝霞！」

我嘆了一聲：「他痛悔了那麼多年！」

藍絲俯身，把那綑樹皮，抱了起來，緊抱在懷中。我明白她的意思，所以道：「這裏，我相信記錄着有關你身世的事，你可以擁有它。你看了之後，也可以不把內容告訴我們。」

藍絲口唇顫動，眼中淚花亂轉，過了好一會，她才道：「我識的漢字不多，而且這些字那麼潦草，表姐夫，猛哥大哥，我們一起看。」

我本來想提議回直升機去看，但轉念一想，在直升機中，白素和紅綾，難得單獨相處，就讓她們多相處一會，我就用通訊儀，向白素說了山洞中的情形。白素失聲道：「果然是他！你們慢慢看他的懺悔吧，我和紅綾有許多話要說。唉，她的問題真多！」

白素的聲音充滿了歡愉，可是看懺悔錄的我，心情卻相當沉重。

在樹皮上，敘述當年發生了什麼事，相當簡單，絕大多數，卻是懺悔自責的句子。

事情的發生，不難想像，也可以說是意料之中——何先達和陳二小姐進入苗疆，當然找不到她的姐姐。陳二小姐那時的身分是韓夫人，而且和何先達有主僕之份，何先達自然對韓夫人很是恭敬。

可是陳二小姐花容月貌，何先達血氣方剛，對身邊的美人，不能沒有愛慕之心，他克制了又克制。卻在一個晚上，由於發現了一大竹筒苗人留下來的酒，喝了之後，就再也克制不住了。

他只說二小姐一言未發。想來那時何先達的神情，十分可怕，他有一身武功，是一個壯漢；二小姐只是一個弱質女子，當一個壯漢撕破了主僕關係，一個弱質女子除了接受命運的安排之外，還有什麼別的方法？

那一晚，何先達得償所願之後，酒力發作，昏睡過去，第二天醒來，就不見了二小姐，只有夜來被他扯破的半件衣服留在他的身下。

第十四部

河水滔滔

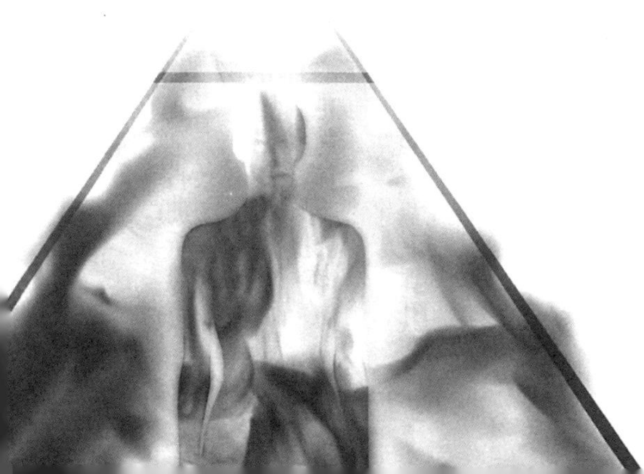

那半件破衣服，自然就是我第一次進山洞時，披在雕像身上的破布片了。

陳二小姐不見了！

何先達這才知道自己做了什麼，心頭痛悔莫名，他瘋狂也似的，在附近找了十來天。他估計，在開始的一兩天，二小姐必然在附近，不會走遠。可是一任他叫破了喉嚨，二小姐也沒有出現，可知她是故意躲着不要見他。

日子一天天過去，找到二小姐的希望，也愈來愈渉茫。何先達以為她一定在危機處處的苗疆之中，遭到了不幸，自覺罪孽深重之極，就再也沒有離開過苗疆，要以有生之年，在苗疆長伴芳魂。

他不知道二小姐並不是立刻就死的，他也不知道二小姐竟然有了身孕，直到十月懷胎，產下了女兒之後才死！

他根本不知道自己有一個女兒！

在樹皮上那些潦草的字迹中，充滿了真正的，發自內心深處的懺悔和痛苦。這樣深切的痛苦，來自一個身手非凡，本來可以有很好生活的一個青年人，也就格外叫人感到可惜。

我一面看着那些文字，一面把它們讀出來，漸漸，也受了感染，聲音變得低沉。藍絲從一開始，就用心聽着，咬着下唇，一言不發。

那麼多年來，跌進了痛苦深淵之中的人，是她的父親，雖然她從來也沒有見過這個人，但是血緣關係自有它奇妙的感應，所以她的感受，也和我們不同，聽到後來，她眼中淚花亂轉。

我看完了所有寫在樹皮上的記述，山洞中顯得很靜。通訊儀之中，突然傳來白素的聲音：「藍絲，你恨不恨他？」

藍絲惘然：「我……不知道……不知道！」

我也不禁嘆了一聲：「恨與不恨，都不成問題，何先達和藍絲，父女兩人見面的機會，微之又微！」

猛哥一揚眉：「誰說的？我既然曾受過委託，還是要把他找出來！」

藍絲深吸了一口氣：「猛哥大哥，你找人的方法不是很對，且是一個人找不夠，你應該把我母親是怎麼死的，我是在什麼情形之下成長的，現在的情形如何，編成故事，或是編成曲子，讓人到處去說，讓人到處去唱。流傳開去，總有傳到他耳中的時候！」

藍絲的話才一出口，我和白素已齊聲喝彩：「好主意！」同時我聽到通訊儀中有點奇怪的聲音傳來，我忙問：「怎麼啦？」

白素的回答，聲音很甜：「紅綾睡着了。」

藍絲又道：「他聽到了之後，一定會到藍家峒來找我，比在千山萬水中找他容易多了！」

猛哥也連連點頭，藍絲緩緩轉過身，來到那座「雕像」之前，那只不過是一個略具人形的物體，可是藍絲望着它，神情大是依依。

她喃喃地道：「他們……兩個人不知究竟是什麼……樣子的？」

我道：「你母親美麗清柔，有九分像你表姐。」

白素則道：「藍絲你放心，我會請最好的繪形師，把他們的樣子畫出來給你。」

我拍手：「據我所知，最好的繪形師，就是白老大，就請他老人家出手！」

藍絲忽然問：「他老人家和我又是什麼親戚關係？」

我不禁呆了一呆，親戚關係是一定有的，可是一時之間，又哪裏算得清楚——我也真是糊塗，白素就一下子說了出來：「很親密的關係，他是你的姨丈。」

藍絲又深深吸了一口氣：「雖然媽媽早死了，父親下落不明，但是突然多了那麼多親戚，真是高興！」

我忽然想起了溫寶裕來。溫寶裕和藍絲這一對，是絕對肯定的了——溫寶裕這小子，若是有什麼三心兩意，藍絲的降頭術排山倒海使將出來，有一千一萬個溫寶裕，也不夠蜈蚣蠍子嚼吃！

那麼，溫寶裕豈不也成了我們的親戚？

這一點，只怕他的腦袋再古怪，再會作天馬行空、匪夷所思的設想，也想不出來！

我一想到這裏，忍不住哈哈大笑了起來。白素立時知道了我的心意，她問：「小寶？」

我一面笑，一面道：「是啊，他再也想不到，我們別告訴他，讓他去猜，把他的腦袋猜破了，也猜不到藍絲和我們的關係！」

藍絲有點焦急：「真會……把頭想破？」

那真是事不關心，關心則亂，那麼聰明伶俐能力高強的小藍絲，平日處事何等精明，這時，事情一和她情郎有關，她就會怕真的會「想破頭」了！

我忍不住伸手按住了她的頭頂，用力搖着她的頭：「你說呢？會不會？」

藍絲也就「咭咭」笑着，「懺悔錄」帶給她的不快，至少也去了一半！

她道：「他要真想破了頭，倒也好，可以趁機把他的腦部改造一下。」

藍絲這樣講，自然是說着玩的，可是我心中卻陡然一動，一個問題動口而出：「那批外星人在苗疆活動，他們為什麼要製造一個烈火女出來？」

沉寂了好一會，白素才道：「我有一個想法，大家上直升機來如何？何先達我看是決不會再在這個山洞之中出現的了！」

藍絲依依不捨，我道：「反正你是地頭蟲，什麼時候想來就來！」

藍絲用力點頭，在出山洞的時候，伸手在那條巨大的「好人蛇」頭上，拍了兩下，那巨蟒昂起頭來，神態仍是十分駭人。

上了直升機之後，白素發表她的意見：「我相信他們的心地好，感到在地球活動，總要替地球人做點事。倮倮人在地球人之中，又是很落後的一族，所以他們就豎立了烈火女，使倮倮人有地位，也有信仰！」

我想了一想，才點頭，可知我雖然同意，但是也還有補充：「誰知道他們在地球上作了些什麼活動，那可能只是他們在大大損害了地球之後，所作出的小小補償！」

白素笑了一下，沒和我再爭下去，忽然，她嘆了一聲：「我母親成了外星人？外星人能力高超，應該知道我……我們都在想念她！」

我道：「她已經成了神仙，哪會再貪戀紅塵？或許，神仙對腦部所作的改造，就是要人完全忘記在塵世間發生的一切——一把烈火，早已把一切往事燒得乾乾淨淨，還有什麼可以貪戀的？」

白素默然不語。

我同時也想到，陳將軍的這兩個女兒，她們的遭遇，是極其典型的性格決定命運。

要不是她們的性格，都如此剛烈，她們的命運，自然也大不相同——陳大小姐可以讓白老大解釋，陳二小姐可以讓何先達在她面前懺悔。可是她們卻都如此決絕，所以才形成了事後的命運。

沉默了好一會之後，駕機的白素才道：「猛哥，你指路，我們到墓地去！」

猛哥「啊」地一聲：「這……在天上認路，我卻認不出來，要從陸地去才行！」

猛哥記得二小姐落葬之處，要他在天空上指路，確然大有困難。

藍絲提醒他：「是在一條河的旁邊？」

猛哥道：「對，那條河，『布努』叫『裏流河』！」

藍絲點頭：「我知道，這河很長，流過藍家峒的外面，所以十二天官才會發現我，是在這河的上游？」

猛哥道：「在雙頭山——可以望到雙頭山的所在。」

他們在討論着苗疆的地形，我一面注視着睡得極沉的紅綾，一面也留意着直升機上的小熒屏——通過望遠鏡頭，可以看到下面的情景，而且可以變焦，把要留意的目標，距離拉近，看得更清楚。

那時，已是天色將明之前，最黑暗的時分，在我注視的熒屏之上，忽然看到了一團火光，在火光之旁，還有兩個人影，在迅速跳動。

我的第一個反應就是大聲叫：「看，有火光，有冒火光的人！」

白素也看到了：「啊，那就是我看到過的冒火人！」

我迅速地把距離拉近，紅綾也被吵醒了，揉着眼。我們一起凝神看去，已可以看得很清楚，那不是一個人身上存有火光，而是有一團火光，有兩個人，正在爭奪這一團火光。

再看清楚些，在爭奪那團火光的，也不是人，而是兩頭猿猴！

紅綾在這時，喉間發出了一陣十分怪異的聲響，神情極緊張。

由於她的神態很奇特，所以使我立即想到，下面在爭奪火光的兩頭猿猴，就是和她關係十分密切的那兩頭銀色的靈猴！

白素也立刻想到了這一點，她尖聲道：「難怪我追不上，原來不是人，是靈猴！」

紅綾現出洋洋得意的神情，彷彿她的母親追不上靈猴，她與有榮焉。

再看清楚些，兩頭靈猴在爭奪的，也不是火光，而是一樣會發火光的物件，由於銀猿的動作快，跳動不已，所以一時之間，看不清那是什麼，直到爭奪有了結果，所有人才發出了「啊」地一聲響。

爭奪有了結果，其中一頭銀猿一下子把自己的身子，鑽進了那東西之中，或者說，是把那東西，套上了牠的身子。這才使我們看清，那東西，像是一件背心，穿上了之後，不論是人是猿，看起來，也就像是那個人或那頭猿身上會冒火一樣。

紅綾興奮得拍手叫：「會冒火，靈猴身上也會冒火，牠們成了神仙了！」

我和白素互望一眼，心中卻再明白沒有，那「背心」，當然是外星人留下來的東西。外星人把歷代烈火女的骸骨放在那山洞中，留下一些物件，也留下一對銀猿看守，留下的物件之中，有一樣是會冒火光的「背心」——那可能是一件飛行衣，或者是什麼別的裝備，不得而知。

這時，一頭銀猿穿着那「背心」在前飛馳，另一頭在後追，速度快絕，一下子就隱沒看不見了。

紅綾直到不見牠們了，才長長地吁了一口氣，一副高興莫名的樣子。

白素望了紅綾一會，紅綾卻假裝看不見。

藍絲道：「看來，發光的東西，像是一件衣服——那是神仙留下來的衣服？」

我點頭：「應該是！」

藍絲又沉默了片刻，才指着其中的一幅熒屏：「看，裏流河，向北飛，就可以到它的上游。」

找到了那條河，溯河向前飛，到天色大明，已經看到了「雙頭山」，直升機在河邊找到了平坦的地方，降落了下來，藍絲第一個出了機艙。

猛哥跟着出來，長嘆一聲：「不遠了，當年我從昆明回來，就是沿河向北走的！」

我、紅綾和白素，跟在猛哥和藍絲的後面，一起向前走，藍絲不時望向河水，像是在想像她才出世，就被放在木板上，順流而下的情景。

當然她不可能有任何記憶，就像紅綾無法記憶起她曾和外婆、神仙相處過的日子一樣。

河水滔滔，不知流了多少百萬年，任何人的生命與之相比，都微不足道，我感慨萬千地把突然想到的這種想法講了出來。

紅綾在一旁聽了，現出了很怪異的神情，我道：「怎麼樣？聽不懂？」

我心想，這種話有很深的人生哲理，紅綾才脫離女野人生涯，自然是聽不懂的。她若表示不懂，我可以趁機解說一番。

怎知紅綾咧嘴一笑：「聽懂了，可是卻覺得好笑！」

她說到這裏，真的縱聲大笑了起來：「河是河，人是人，怎麼可以拉在一起？人能像河那樣，只是流着，什麼也不用做麼？」

我一時之間，不禁講不出話來，同時，也發現許多所謂蘊藏了人生哲理的話，都可笑得很。或許，所謂人生哲理本身，就是一件很可笑的事。

步行並沒有多久，約莫一小時，沿途風光絕佳，但大家都無心欣賞，河轉了一個彎，便有一片滿是野花的草地。在草地近河處，有用石塊疊成凸起的一堆石塊，石塊之下，埋的就是藍絲的母親——陳二小姐陳月梅了。

藍絲站在石塊堆之前，久久不語。我、白素、紅綾和猛哥，四人合力砍出了一個木樁，在木樁上刻了「成都陳月梅女士之墓」幾個字。

然後，白素來到藍絲的身邊，低聲說了幾句。藍絲點了點頭，白素回來，在木樁下又加上了「女何藍絲泣立」五個字。

我看了不禁大是感慨，衛紅綾、何藍絲，我才認識她們的時候，誰想到她們各有姓氏，而且和我大有關係？

把木樁立在石塊堆之前，猛哥道：「我回去，吩咐人在這裏，好好造一座墓。」

藍絲神情感激：「多謝你了，猛哥大哥。」

猛哥十分感慨，挽住了藍絲的手，忽然視線落在她的大腿上，笑：「怎麼樣，刺工還不錯吧！」

藍絲大腿上的刺青，精美絕倫，可是藍絲卻嘟起了嘴：「不好看，人人都當我是怪物。」

猛哥呵呵笑：「有了這樣的刺青，人人都知道你和蠱苗大有關係，誰都不敢欺侮你，也沒有什麼毒蟲蛇虺敢咬你，還說不好？」

藍絲低聲道：「我是說着玩的，猛哥大哥，你是我的活命恩人，沒有你，我出不了娘胎。」

那一邊，白素走向紅綾，我一看到白素的神情，就知道白素必然又要向紅綾提出什麼要求的了，同時，也看到紅綾現出戒備神情。

我心中一緊，不知如何才好，只見紅綾已換成了一副笑嘻嘻的樣子。

白素神情嚴肅，來到紅綾身前，沉聲道：「你可以找到那兩頭銀猿，把牠們找出來。」

紅綾嘻着一張闊口，搖了搖頭。

白素已沉下臉來，我知道白素想召那兩頭銀猿，目的是想得到那件外星人留下來的背心。我正想去打圓場，已聽得紅綾一面眨着眼，一面道：「不，我不要再和猴子在一起，我不會去找牠們，我只要和媽媽在一起——」

她說到這裏，抬頭向我望來，又補充了一句：「也和爸爸在一起。」

一番話，把白素聽得心頭狂喜，她一直在努力，要和猴子爭奪紅綾，難得紅綾講出了這樣的話來，那表示她成功了。

可是那也表示，她無法找到那兩頭銀猿！

她該如何選擇呢？

紅綾在這時，又向我望來，我在她的神情上看出，可以肯定，她弄了一個狡獪——她始終怕白素要打破銀猿的頭，所以才這樣說的。

她終於不再是女野人了。

我由衷地哈哈大笑了起來。

（全文完）

衛斯理小說典藏版　43

烈火女

作　　者：　衛斯理（倪匡）
責任編輯：　吳寶儀　　諾信
封面設計：　李錦興
出　　版：　明窗出版社
發　　行：　明報出版社有限公司
　　　　　　香港柴灣嘉業街18號
　　　　　　明報工業中心A座15樓
電　　話：　2595 3215
傳　　眞：　2898 2646
網　　址：　https://books.mingpao.com/
電子郵箱：　mpp@mingpao.com
版　　次：　二〇二二年八月初版
I S B N：　978-988-8688-91-3
承　　印：　美雅印刷製本有限公司